十三の墓標

内田康夫

JOY NOVELS
実業之日本社

カバーデザイン・撮影・CG／鈴木正道

十三の墓標／目次

プロローグ

バス停から参道のとっつき辺りまでは、いかにも牧歌的でのどかな田園風景の中をゆく平坦《へいたん》な道で、しかも舗装されていた。しかしその道を左に折れて参道の砂利《じゃり》道に入ると間もなく、急峻《きゅうしゅん》な石段にぶつかった。石段といっても自然石を畳《たた》んで積み上げたもので、傷《いた》みがひどく、段のいたるところが崩壊したり欠けたりして、見るからに危なっかしい。

石段は檜《ひのき》や杉が鬱蒼《うっそう》と繁《しげ》る山の中へ、ウネウネと竜が昇天するような角度で昇って、どこまで続くのか、その先のほうは見えない。石段に最初の一歩を踏み出すのにかなりの勇気を要した。そういえば途中で道を訊《き》いた農夫が、「おじいさんには無理でっしょう」と笑っていたが、その予言がどうやら的中しそうな気配であった。

ともかくも、吉川《よしかわ》は石段を登りはじめた。旅行バッグがやけに重く感じる。いや、実際の重量も、そう軽くはないのだ。中には小型のオートマチックカメラのほかに、学術写真を撮影するために買った大型のカメラ機材が入っている。カメラ本体も大きいが、三脚もガッシリしたタイプのやつで、これがむやみに重い。重いけれど、こいつを担《かつ》いで行かなければ、何のための旅行か分かりゃしないことになる。

吉川弘一《こういち》は東京・白山《はくさん》にあるT大学の教授を定年で退官したあとも、名誉教授として一応は籍をおいているが、ここ数年は気儘《きまま》な学究三昧《ざんまい》の日々を送っている。

吉川の専門は古典文学で、膨大な資料・文献との格闘のような毎日である。格闘だが、日がな書斎で坐《すわ》りっきりの頭脳ゲームだから、当然のように足腰は萎《な》える一方だ。こうやってたまに外歩きをすると、その報いがてきめんだ。

ものの百段も登らないうちに、吉川は三度も石段に腰を下ろして休む体《てい》たらくであった。まだ陽《ひ》は高いが、この調子ではそうのんびりもしていられないかもしれない。

だいいち、おれの人生はそう長くは残っていないのだ――と、吉川は思う。

あと、いくら長く生きたとしても、ちゃんとした仕事が出来るのは、せいぜい五年か六年か。それまでに研究が完結するかどうか、自信はない。学問とは死との競争である――と言っていた恩師の言葉を、恩師の歳《とし》を越えてみて、ようやく実感できた。

死のゴールは見えないが、そう遠くはあるまい。それに対して、やらなければならない仕事は山積している。ほかの者に任せるわけにはいかないし、後継者に期待をかけることも出来そうにない。

若い頃から夢中で蒐《あつ》めた資料はすべて読破したが、それを集大成する作業は蝸牛《かたつむり》の歩みに似て、遅々として進まない。原稿用紙の升目《ますめ》を埋める作業が、これほどまだるっこいとは、若いうちにはついぞ気がつかなかったことであった。

石段を登ってゆくと、右から左へ登る、舗装された坂道を横切った。どうやらこれはさっきの道の続きで、この分だとずっと山寺まで通じているらしい。

何のことはない、これならタクシーで来ればよかったのである。

そう思った時、左手の坂の上のほうから猛烈な勢いで車が走り下りてきた。いままさに足を踏み出そうとしていたところだったから、吉川は危うく車に弾《はじ》き飛ばされそうな恐怖を覚えた。

車はそういう吉川を無視して、カーブを曲がり下り、じきに見えなくなった。

(まったく、近頃のやつらときたら——)と吉川は腹が立った。

道路を横切ると、その先にも石段がある。

しかし、まだまだ続くと思っていた石段が、いまにも朽《く》ちてしまいそうな山門を潜《くぐ》ったところで、パッと視界が開けた。そこが参道の終点であった。案の定、道路はここまで繋《つな》がっていて、境内には車が一台、停《と》まっていた。


目の前に山寺が建っている。禅宗の寺に相応《ふさわ》しく、造りは素朴というより粗末といってもいいようなものだが、本堂と庫裡《くり》が別棟になっていて、渡り廊下で結ばれているから、寺の建物としての規模はごくふつうなのだろう。

境内もこんな山の中腹に——と意外に思えるほど広い敷地だ。照葉樹を中心にした庭木の手入れもよく、あちこちにツワブキが黄色い可憐《かれん》な花を咲かせている。

吉川は清浄な山気を胸いっぱいに吸い込んで、ようやく人心地ついた。

境内には人気はない。ひょっとすると建物の中にも人がいないのではないかと思わせる静けさだ。

吉川は方丈《ほうじょう》に挨拶《あいさつ》してからと思ったが、誘惑には抗しきれず、本堂の裏手に回った。問題の宝篋《ほうきょう》印塔《いんとう》がある場所は、さまざまな文献を何度も見ているから、おおよその見当はついていた。それに、そう探し回るほどのスペースはこの山寺にはなさそうだった。

宝篋印塔というのは、本来は宝篋印陀羅尼呪文《ほうきょういんだらにじゅもん》を収めた塔のことだったのだが、現在では一般に供養塔《くようとう》、墓碑塔《ぼひとう》を意味するものになっている。古い墓地などに行くと、五輪の塔を載せた石燈籠《いしどうろう》のような恰好《かっこう》のものを見掛ける、あれがそうだ。

素人《しろうと》にはおよそ興味を惹《ひ》かない無縁のものだけれど、研究者にとっては巨大な宝石ほどに魅力がある。

吉川はまるで、恋人に会いにゆく乙女のように、胸をときめかせて、本堂の角を曲がった。

男が立っていた。吉川の気配に驚いたように振り向いた。三十歳ぐらいだろうか。ノーネクタイだが、背広姿である。

手に荷物らしいものは何も持っていないので、吉川は寺の人間かと思い挨拶をしかけたが、男はそれを無視して向こうを向いてしまった。なんだか顔を背《そむ》けられたようで、少し不快な感じがした。

男が向かい合っているのが、まさに目的の宝篋印塔であった。五輪の形ははっきり見ることが出来るものの、朽ち果て、苔《こけ》むして、いかにも星霜《せいそう》を思わせる。言い伝えどおりなら数百年の昔に建てられたものである。

先客に遠慮して、吉川は距離を置いたところに佇《たたず》み、男の去るのを待った。

男は動かない。どうやら相手も吉川が通り過ぎてしまうのを待っているらしい。仕方なく、吉川は男と並ぶ位置に立って、宝篋印塔を眺めることにした。

「ちょっとお邪魔しますよ」

声をかけてから、近づくと、男は同極の磁石が離れるように、スイと動きだした。もちろん、無言である。しかも、逃げるような速さで立ち去って行く。感じが悪いことおびただしい。

(無礼なやつだ――)

吉川は男の背中を睨《にら》みつけた。

世の中には昔からいろいろな人種が存在するけれど、近頃の若い連中の礼儀知らずには呆《あき》れる。もっとも、おとな連中もそれに輪をかけた理不尽も少なくないのだから、文句は言えないかもしれない。大学教授でございーーといったって、マスコミにばかり顔を向け、テレビのクイズ番組なんかに出るタレント紛《まが》いが幅をきかせる世の中だ。学問の虫は相変わらず貧乏を強《し》いられ、国はいっこうに彼らに報いようとはしない。文化国家が聞いてあきれる――。

男の後ろ姿を見送って、しかし、すぐに吉川は宝篋印塔に没頭した。

三脚を立てカメラを載せる。苔に覆われた宝篋印塔を被写体に、レンズを覗《のぞ》き込む。周囲の風景からそこだけを切り取って見ると、塔の質感がグッと迫ってくる。(ああ、この塔は数百年の変遷《へんせん》を眺めてきたのだな――)と思う。

シャッターの音が止《や》み、興奮が静まると、虫の音が聞こえた。もう十一月だというのに、さすがにこの辺りはまだ秋の風情《ふぜい》をたっぷり残しているようだ。

ふと、庭苔の上にライターが落ちているのに気がついた。さっきの男が忘れていったものらしい。

そういえば、やけに急いでいたらしく、車が急発進する音がしていたようだ。ライターは、銀色の華《きゃ》奢《しゃ》で姿のいいデザインである。何というブランドか、およそこういうものに疎《うと》い吉川には分かりようがないが、いずれにしてもフランスかどこか、舶来《はくらい》の品なのだろう。

吉川はライターを拾って車のあった方角へ小走り

に行ってみた。

　案の定、車はすでになく、男の姿も見えない。吉川の脳裏には、宝篋印塔の前でこっちを振り向いた時の男の顔が、妙にクッキリと焼きついていた。

第一章　可愛いお荷物

1

泣く子も黙る、桜田門——などという。

桜田門は江戸城の郭門《かくもん》の一つで、皇居前広場から霞ヶ関へ向かう通路にあたっている。一般人でも大手を振って通り抜けることができる、数少ない宮城の門の一つである。

万延元年《まんえんがんねん》（一八六〇）、この門を出たばかりのところで、時の大老・井伊直弼《いいなおすけ》が、水戸藩尊皇攘夷《そんのうじょうい》の志士ら十八人のテロに遭って殺された。その日は雪が降っていて、新雪の上に鮮血が散った光景は凄惨《せいさん》そのものであったにちがいない。

越えて昭和十一年（一九三六）二月二十六日、桜田門付近は剣付き鉄砲を担《かつ》いだ将兵が隊伍《たいご》を組んで走り抜け、騒然たる雰囲気に包まれた。皇軍同士が銃口を向けあい、あわや市街戦か——というところまでいった。この日も大雪で、街中にこそ血の雨は降らなかったが、当時の大蔵大臣・高橋是清《これきよ》などが血祭にあげられたクーデター事件であった。

しかし、現代の桜田門はアベックやジョギングの人々が行き交う、平和でのどかな風景である。それなのに「泣く子も黙る」というのは、桜田門そのものに責任があるわけではない。桜田門と交差点をはさんで向かい合いに建つ、白亜のビルの代名詞が「桜田門」になっていることによるのだ。

その建物は正式には千代田区霞が関二丁目にある。だが、ジャーナリストやそのスジの連中が「桜田門」というと、その建物をさすことになる。三角地帯という立地に合わせた設計で、建物の外観は優美な曲線を描く。宮城の緑と呼応して、東京でもっとも美しいと賞される都市景観を作り出している。この建物のどこに、「泣く子も黙る」と恐れられる要素があるのか、不思議な気さえする。

十一月二十日――。未明からの雨は午《ひる》近くになっても降りやまず、街は憂鬱《ゆううつ》な気分に浸っていた。

どこから現われたのだろう、白亜のビルの正面、交差点に面した階段を、黄色いこうもり傘がクルクル回りながら上っていった。

警視庁の長い歴史の中で、この時のような訪問者は初めて――おそらく空前絶後――といっていいだろう。黄色いこうもり傘の主は、五、六歳の、まだあどけない少女であった。

黄色い傘の下は黄色い帽子、黄色いレインコート、黄色いブーツと、交通安全の権化《ごんげ》みたいな服装だ。レインコートの下には、可愛《かわい》い膝小僧《ひざこぞう》が覗《のぞ》き、赤いスカートもチラチラと見える。

階段を上りきった玄関の左右にいる立哨《りっしょう》の巡査は顔を見合わせた。この珍奇な客をどう扱うべきか、とまどった。

少女は屋根の下に入ると傘を畳み、三、四度振って、水を切った。ちょっとおとなびた仕種《しぐさ》は、躾《しつけ》のできていることを思わせる。そのまま玄関に入りかけるので、巡査の一人が慌てて呼び止めた。

「あ、あんた、どこへ行くの？」

あんたなどと言わず、せめて「お嬢ちゃん」ぐらいのことを言えばいいのだが、こういう客を迎えた経験がまるでないものだから、巡査はかなり狼狽《ろうばい》ぎみなのだ。

「あたしのこと？」

少女は振り返って、小首を傾けた。

「そう、あんただよ。どこへ行くの？」

「ここにきたの」

「ここって、ここは警視庁だけど」

「そうよ、警視庁よ」

「ほんとに警視庁って知っててきたの？」

「そうよ」

「誰ときたの？　お父さんと一緒？」

「見れば分かるでしょ、一人よ」

「じゃあ、迷子になっちゃったのか」

「違うわ、家から真《ま》っ直《す》ぐ、ここにきたのよ」

「しょうがないな」

巡査は相棒と苦笑を交わして、

「ほんとに一人なのかい？」

「そうよ、見れば分かるでしょって言ったのに」

「そりゃ、見れば分かるけどさ、お父さんやお母さんはどうしたの？」

「いなくなっちゃったの」

「じゃあ、やっぱり迷子じゃないか」

「違うってば。分からないなあ、家からここまで、真っ直ぐきたんだってば。家で迷子になるわけ、ないでしょ」

「そりゃあまあそうだけどさ。だったら、何しにきたの？」

「おじさんに会いにきたのよ」

「え？　ぼくに？」

「やあねえ、そのおじさんじゃなくて、ほんとのおじさんのこと」

「ああ、ここに叔父《おじ》さんがいるのか」

　巡査はようやく理解した。

「じゃあ、叔父さんの名前はなんていうのか聞かせてくれる？　それからあんたの名前もだね」

「叔父さんは坂口正二《さかぐちしょうじ》、わたしは山本和代《やまもとかずよ》。和代っていうのは、昭和の和に松本伊代ちゃんの代って書くのよ」

「なるほど、いい名前だね。で、叔父さんはやっぱりお巡りさんなの？」

「違うわ、刑事さんよ」

「刑事もお巡りさんなんだけどな」

　巡査は一応、こだわった。

「ふーん、そうなの」

「まあ、それはいいとして、和代ちゃんの叔父さんは、間違いなく警視庁——つまり、ここに勤めているんだね？」

「ええ、そうよ。まえ、パパと一緒に日比谷公会堂にピアノを聴きにきた時、ここが叔父さんのいる警視庁だって教えてもらったんですもの」

「分かった。それじゃ、ちょっと待っててちょうだいね。いま調べてみるからね」

　巡査は相棒に少女の「確保」を頼んでおいて、受付の方へ走って行った。

　坂口正二は人事部からの連絡を受けて、慌てふためいて飛んで出た。受付の前で婦警に相手をしてもらっている姪《めい》を見るなり、周囲のことを構わずに、

「どうしたの和代？」と怒鳴ってしまった。

　和代はびっくりした目を叔父に向けて、つぎの瞬間、坂口に抱きついていた。いままで堪《こら》えていた不安や悲しみがどっと溢《あふ》れ出たように、大きな声で泣

いた。

「パパが……ママが……きのう……帰ってこないの……」

泣きじゃくりながら、断片的に話す言葉を繋《つな》ぐと、どうやら、姉夫婦――山本民夫《たみお》と裕子《ゆうこ》――が、昨夜、家を出たきり、帰宅していないということらしい。

和代の話では行き先や用件などは不明だが、九時頃までには帰る――という約束で、留守番をしていたという。長い夜が明け、朝になっても両親が帰ってこないことに気がついて、それでも和代は十時まで待った。もしかすると、「九時」と言ったのは、朝の九時のことかもしれないと思ったからだ。

ふだんの日なら、ともかく幼稚園へ行って先生に相談するという知恵が働いたにちがいない。しかし、この日は日曜日だった。

「パパとママのつぎは、叔父さんでしょう。だから、叔父さんのところにきたの」

叔父さんは警視庁にいる。警視庁は地下鉄に乗って行けばいい、そう思って、家を出てきた。道を尋ねたのは、地下鉄の乗り換えの時の一度だけだったそうだ。

「そうか、そりゃたいへんだったね。もう心配しなくていいよ」

坂口はただ一人の姪の頭を優しく撫《な》でた。それから、少年一課に理由を話して、応接室の一つを借りると、和代をソファーに坐《すわ》らせ、食堂から温かいミルクとトーストを運んできて与えた。よほど疲れていたのだろう、それを食べ終えるか終えないかのうちに、和代は居眠りを始めて、やがてソファーの上で死んだように眠った。

（どういうことだろう――）

坂口は和代の寝顔を眺めながら、呆然と考え込んだ。和代の断片的な話では、ことの真相が摑《つか》めない。

とにかく、姉夫婦が帰宅していないというのは、ただごととは思えなかった。何の理由もなく、愛する娘を置いてけぼりにしておくことはあり得ない。

(家出——心中——)という連想が走った。

「ばかな……」

坂口はゴツゴツ音がするほど、われとわが頭を殴った。刑事根性がすぐに働くのを罵《ののし》りたかった。

あの姉がそんな愚行に走るはずがない。よしんば、何かの理由でそうしなければならなくなったとしても、弟に一言の相談もないはずが——。

「ばか野郎っ……」

また坂口は、頭を小突いた。姉にかぎって、「何かの理由」などというものは、ぜったいにないのだ。

(では何だろう……、事故か?)

可能性としていちばん大きいのは、どこかで交通事故に遭って、連絡が取れずにいることだ。つまりそれは、自力で連絡ができないほどの事故であったということになる。姉夫婦は車を持っていないし、運転もしない。交通事故だとすれば、車に撥《は》ねられたか、あるいは、乗っているタクシーか何かが衝突事故を起こしたということだ。

坂口の想像はいよいよ不吉なものになってきた。かりに事故で重傷を負ったとしても、所持品には名刺もあるだろうし、身分証明書もあるだろう。担ぎこまれた病院から、なんらかの連絡があってしかるべきだ。それがないというのは、いったいどういう状況なのだろうか?——。

(轢《ひ》き逃げ——死体遺棄——)

最悪の想像が浮かぶ。

今度は、坂口は頭を殴らなかった。

寝ている和代をそのままにしておいて、坂口は捜査一課の岡部《おかべ》班の部屋に戻った。

「どうしたんだ、その顔……」

神谷《かみや》部長刑事が坂口を見るなり、驚いた声を出した。

「は？　何か変ですか？」

「真っ青だよ、幽霊でも見たような顔だ」

「そうですか……」

坂口は顔を撫でて、椅子《いす》に腰を下ろした。それから、おもむろに電話をとって、交通情報センターのダイヤルを回した。

東京近辺で、昨夜から今朝にかけて、死亡事故が発生していないか問い合わせる。関東地方での死亡事故は九件、十二人あった。いずれも身元が判明済みだという。念のため山本民夫・裕子の、姉夫婦の名前を照合してもらったが、該当者はいなかった。

坂口はともかくほっとした。

「山本民夫って、その人はきみの何にあたる人なんだ？」

神谷が訊《き》いた。

「義兄《あに》です」

「義兄《にい》さん？」

神谷は眉《まゆ》をひそめた。

「義兄さんが交通事故に遭ったのか？」

「いや、そういうわけではありませんが」

坂口は一部始終を話した。神谷ばかりでなく、岡部警部をはじめ、部屋にいる同僚はみな、話を聴いている。

「そりゃ、ただごとじゃないな」

神谷は言った。

「こんなこと言っちゃなんだが、まさか心中なんてことはないのだろうね」

「ありませんよ、そんなこと」

坂口は、ついさっき、自分も同じことを考えたばかりなのを忘れて、ムキになって口を尖《とが》らせた。

「すまんすまん、最悪のことを考えたもんだからね」

神谷はわずかに頭を下げて、謝った。

「姪御さんはどうしているんだい？」

岡部警部が訊いた。

「はあ、応接室に寝かせてあります。だいぶ疲れているので、当分、目が覚めないと思います」

「そうか、かわいそうに……」

岡部はちょっと思案して、

「ともかく、きみは姪御さんを送って、義兄さんの家へ行きなさい。もし何か事情があるのなら、書き置きか何か、手掛かりになるものがあるかもしれない。いや、ひょっとすると、戻っておられるかもしれないしね」


岡部は気休めを言ったのだが、坂口ははっと気付いて、姉の家に電話をかけた。しかし応答はなく、ベルの音が空《むな》しく聴こえるばかりだった。

それから、坂口は心当たりに数カ所、電話連絡を取ってみた。

もっとも、心当たりといってもそんなにあちこちにあるわけではない。

坂口の家は祖父の代から東京の経堂《きょうどう》で、小田急線の駅から少し北へ入った辺りにある。

両親はすでに亡く、いまはその家に姉の裕子と夫の山本民夫、それにひとつぶ種の和代が住んでいる。

坂口は姉が山本民夫と結婚した際に家を出るというのを引き止めた。当時、坂口は大学に入ったばかりの頃だったが、将来は警察官志望で、いずれ警察学校に入ったり、警察官になってからも寮生活をするようなことになるのが分かっていた。

民夫は養子みたいでいやだと言ったが、経済的にはそのほうがいいという姉の説得で、ようやく落ち着いた。

坂口は和代が生まれてから三年あまり一緒に暮らしていたが、やがて予定どおり警察官への道を歩むことになり、家を出た。

坂口には姉以外に兄弟はなく、両親の親戚《しんせき》との付き合いもあまり親密ではなかった。父方の親類は、父の妹——坂口にとっては叔母《おば》に当たる——の嫁ぎ先が神奈川県の平塚《ひらつか》にあるきりだ。

母は埼玉県鴻巣《こうのす》の生まれだが、兄弟との折り合いが悪いとかで、坂口は子供の頃、いちど行ったことがあるだけで、ほとんど絶縁状態になっていたようだ。その近くには遠い親戚もいくつかあると聞いているけれど、直接の付き合いはない。

義兄の山本民夫は京都府の宮津《みやづ》、丹後《たんご》の出身だそうだけれど、これまた、坂口はいちども訪れたことがなかった。

それでも、ともかく日頃の不義理を無視して、坂口は思いつくかぎり、あちこちへと電話をしまくった。

およそ電話どころか、道で出会っても顔を憶《おぼ》えているかどうかさえ分からないような相手だから、電話をかけられたほうも疑問に思うらしく、「何かあったの？」と問い返す。

「いえ、いくら電話しても留守なものですから、ひょっとして、そちらにでもお邪魔しているのではないかと思いまして」

大騒ぎになると具合が悪いので、坂口は事実を隠した。だいいち、姉夫婦がほんとうに行方不明になったのかどうか、まだ確定したわけでもないのだ。

岡部警部の勧めもあって、坂口は和代を連れて、タクシーで姉の家へ向かった。仕事が気にはなるけれど、この際、そんなことは言っていられない。

和代は疲れからか、叔父に出会った安心感からか、車の中でもよく眠った。

2

小田急線経堂駅から歩いて五、六分の閑静《かんせい》な住宅街に山本家はある。この家に、坂口は大学を出るまでいた。実質的にこの家を離れたのは、警視庁捜査一課の刑事を拝命して、独身寮に入ってからである。

和代とは三年ばかり、一つ屋根の下で生活を共にしていたのだから、和代が両親の次に坂口になつくのは当然のことである。

午すぎまで降っていた雨がやんで、街はひんやりとした空気に包まれていた。

いまは「山本」の表札が掛かっているけれど、坂口の生まれ育った家は、父親の代になって間もなく建て替えられた古い二階家だ。坂口が出た頃と、それほど変わっていないので、ここに来るといつも、甘酸っぱい少年時代の匂《にお》いを感じる。

和代は鍵《かぎ》をかけずに出たので、ドアはすぐに開いた。

家の中は静まり返っている。居間の電灯はつけっぱなしだった。和代にしてみれば、そういうところまでは気が回らなかったということだろう。

そう広くもなく、勝手知った家だ。姉夫婦がもし書き置きでも残しているとすれば、それらしい場所も見当がつく。人目につかないところには置くはずもない。

それでも坂口は念のために、箪笥《たんす》の引き出しや下駄《げた》箱の中まで、隅から隅まで、探し回ってみた。

結局、置き手紙、伝言のたぐいは発見できなかった。

坂口は冷蔵庫を開けてみて、冷凍の車海老《くるまえび》のパックが冷凍室から冷蔵室に移されて、解凍しつつあるのを見つけた。姉の裕子は大抵、前の日の夕食後、明日の晩の食卓に載せる魚を冷凍室から冷蔵室に出しておく習慣であることを、坂口は思い出した。

（これは予定の行動ではないな——）

姉は昨夜、家を出る前に海老を冷凍室から出したのだ。それは、ふだんどおりの習慣だったにちがいない。和代に「九時までに帰る」と言い残した時点では、よもやこんなことになるとは思ってもいなかった証拠だ——と坂口は思った。

「ほんとに、どこへ行くとか、誰に会うとか、パパもママも言わなかったのかい？」

坂口は、和代に何度目かの同じ質問を繰り返した。

「うん、ほんとよ」

和代も根気よく、同じ答えを返す。いつもなら「ほんとだってば」と、こまっしゃくれた口調で言うのだろうけれど、和代にもことの重大さが、ひしひしと感じられるにちがいない。めそめそしないのが、かえって不憫《ふびん》に思えた。

「パパたちは何を着て出掛けたの？」

坂口は質問の方法を変えた。

「パパはいつも会社へ行く時と同じ。ママは……」

和代はちょっと表現に困った。

「おめかししてたかい？」

「うん、少しね」

「デパートなんかに行く時みたいな恰好《かっこう》だったかい？」

「うん、幼稚園の父母会の時、着てたのとおんなじ」

「じゃあ、どこかでお客さんにでも会ったのかもしれないね」

「お客さん……」

口の中でおうむ返しに呟《つぶや》いて、和代は思い出した。

「そういえば、ママが、『うちに来てくれればいいのに』って言ってたから、やっぱりお客さんだったのかもね」

「ふーん、そんなこと言ってたの……」

坂口は緊張した。はじめて手掛かりらしきものにぶつかった。

「それで、ママがそう言った時、パパはなんて言ったの？」

「パパ？……、パパはねえ、しようがないだろうって言ったわ」

「しようがない？……。機嫌が悪そうだったかい？」

「そうでもなかったみたい」

「そのお客さん、か何か分からないけど、その人の名前みたいなこと、何か言ってなかった？」

「名前？……、名前は言ってなかったみたいだったけど……、ああ、イズミって言ってたかしら」

「イズミ？」

「うん、幼稚園のお友達にイズミちゃんているから、あ、同じ名前だなって思ったの」

「そのイズミっていう人に会いに行ったのかな？」

「よく分かんない、ちがうかもしれない。ただ、パパとママがお話ししてる時、そういう名前が出たけど……」

「どうして和代を連れて行ってくれなかったのかなあ？」

「分かんない。ママがごめんねって言ってたから、きっと大事なご用事で、和代が行くとだめなんじゃないかしら」

「そうだね、そういうことだろうね」

おぼろげながら「お客」の正体が浮かび上がってきた。姉が「うちに来てくれればいいのに」と言ったところをみると、それほど目上の人間ということではなさそうだ。

常識的に考えられるのは、義兄の会社の人間だ。山本民夫は新宿の超高層ビルの一つに入っている、大手の建設会社の経理部に勤めている。そのことは知っているが、坂口自身はその会社へも、その建物にも行ったことがないし、義兄の同僚にも会ったことはない。

いずれにしても今日は日曜日だ。会社関係の人間には確かめようがなかった。

夕刻近くになってくると、坂口もさすがにこれ以上、事実を伏せておくわけにはいかないと思うほかはなかった。とりあえず平塚の叔母の家に電話をかけて、ことの次第を打ち明けた。

「まあ、そういうことだったの。電話の様子、なんだかおかしいなって思っていたのよ」

「すみません、まだあの時点では、はっきり行方不明かどうか分からなかったので、あまりご心配かけちゃ申し訳ないと思ったものですから」

「それはいいんだけれど、でもいなくなったのは昨夜っからでしょう？　やっぱり、それはおかしいわよ。ただごとじゃないわ。何かあったんじゃないのかしら？」

だんだん、叔母の声も深刻になってきた。

「叔母さんに、何か心当たりみたいなもの、ありませんか？」

「行方不明の？　やだ、まさかそんなもの、あるわけがないじゃないの」

「借金とか、そういうことはしていないでしょうねえ？」

「ありませんよ。山本さんて、堅い人よ。あんたの姉さんだってそういうところ、しっかりしたものよ。あんたこそ、あたしのところからお金をせびっていったきり、返さないままになってるくせに」

「えっ？　僕が借金を？　嘘《うそ》でしょう？」

「ほうらね、やっぱり忘れてる。そういう人よ、あんたは。大学の時、スキーに行くからって、一万円借りていったでしょうに」

「あ、そんなことありましたっけ？　すみません、いずれ返しに行きます」

「ばかねえ、いいのよ、そんなもの。そんなことより、あんた、早く裕子さんたちの行方を探さなけりゃいけないんじゃないの？」

「そのとおりなんですが、その前に、叔母さんにお願いしなくちゃならないことがあるんですけど」

「何よ？」

「和代のことです。あの子に一人で留守番をさせておくわけにもいかないし、かと言って、僕があの子の面倒を見てやることも出来ないし。それで、叔母さんに預かってもらえないかと思いまして」

「そう、和代のことねえ……」

叔母はしばらく、考え込んだ。

「だけど、どうするにしても、裕子さんたちがいつ頃までに帰ってくるのか、それが分からないとねえ……」

「いや、帰ってくるくらいなら、何も問題はありませんよ」

坂口は、少し突慳貪《つっけんどん》に言った。

「なあに、正ちゃん、それじゃあんた、本当に帰ってこないと思っているの？」

「ええ、僕はそんな気がします」

「じゃ何よ、家出でもして……、まさか正ちゃん、あんた……」

叔母の脳裏には、「自殺・心中」という文字が浮かんだにちがいない。慌てて口を閉ざした様子が電話のこっちにも伝わってくる。

「いや、僕だって、あまり不吉なことは考えたくないですけど、交通事故っていうこともあり得ますしね。ただし、けさまでにそれらしい事故の報告は入っていませんが」

それからしばらく、二人とも黙りこくってから、ようやく叔母が言った。

「もしそんなことにでもなっているのだとしたら、あたしのところなんかじゃなくて、真剣に和代の身の振り方を考えなくちゃいけないんじゃないの？」

「ええ、しかし、そうなったとしても、僕には叔母さんのところしか、頼るところが思いつかないんですよね」

「何言ってんのよ。山本さんの実家があるじゃないの。丹後の宮津ですよ。そういう場合はあたしのところなんか筋違いだし、一日や二日のことじゃないんですからね。これから先のこと、ずっと考えて決めないとね」

気のいい叔母がそういう言い方をするには、理由がある。叔母の家には孫が三人いるのだが、その内の一人が小児マヒにかかって、なかなか大変な状態なのだ。

「あたしがそっちへ行って、和代の面倒を見てやれるなら、それがいちばんいいんだけれどねえ。何しろ、あんたも知ってのとおりでしょ。それもちょっとねえ、難しいしねえ」

「そうですか……」

坂口は憮然《ぶぜん》としたが、さりとて叔母を責めるわけにもいかない。なるほど、世間というものはきびしいものだ——と、いまさらながら思った。

「ともかくね、そんなこと考えたくはないけれど、万一、裕子さんたちがそんなことにでもなったら、和代は宮津にやるよりしようがありませんよ。あそこは裕福なんだし、人手だってあるでしょうしね。いいわね、宮津へ行くことにしなさい、宮津へ」

それっきゃない——という口振りになっていた。

電話を切ってから、坂口は呟いた。

「宮津か……」

確かに叔母の言うとおりなのだ。和代にとって、もっとも血の繋がりの濃いところといえば、父親の実家だ。法的に言っても、和代と祖父母とは二親等だし、叔父である坂口とでは三親等、平塚の叔母とでは四親等——ということになる。

ただ、親しさということではどうなのだろう——。その点が坂口には分からなかった。宮津の人たちとは、坂口自身はまったくといっていいほど付き合いはないが、姉たちが頻繁に宮津に行っていたかどうか——。そういった話は聞いたことがないけれど、宮津の山本家は民夫の実家なのだから、親しくないはずはなさそうに思う。

しかし、宮津の人間と坂口が会ったのは、姉と民夫の結婚式の時を除けば、母親の葬儀に民夫の父親が来た時ぐらいなもので、それ以外に宮津から人が来たことがあるのかどうかすら、坂口は知らない。それに会ったといっても、ごくとおりいっぺんの挨拶を交わした程度だ。

「和代は宮津のおじいちゃん、おばあちゃん、知ってるかい?」

坂口は和代に訊いてみた。

「宮津の？……」

　和代は当惑したように、答えた。

「よく知らない」

「行ったことはあるんだろう？」

「分かんない。赤ちゃんの時、行ったかもしれないけど、憶えてない」

　どうも頼りない。

「パパとママ、宮津へ行ったの？」

「いや、そうじゃないけどね……。ねえ和代、宮津へ行ってみないかい？」

「どうして？」

「どうしてって……、パパとママの帰りが遅くなるかもしれないからさ。和代一人じゃ、そういつまでもお留守番していられないだろう？　宮津なら、おじいちゃんやおばあちゃんもいるし」

「叔父さんは一緒にいてくれないの？」

「叔父さんは仕事があるから、和代の面倒、見てあげられないんだよね」

「だったら、和代、一人でも平気よ。パパたちが帰ってくるの、待ってる」

「えらいなあ、えらいけど、それは無理だよ。御飯も作らなくちゃならないし、それに、泥棒が入ってきたりしたら怖いだろ？」

「大丈夫よ、鍵、ちゃんと掛けておくから」

「弱ったなあ……」

　坂口は実際、困惑した。こうなったら、因果《いんが》を含めるほかはない。

「和代、もし、もしもだよ、もしもパパとママが永久に帰ってこなかったら、和代はどうする？」

「えいきゅうって？」

「ずうっと――っていう意味だよ。いつまで待っても帰ってこないっていうことだ。もしそんなことになったら、和代はどうする?」

「待ってる」

「だからさ、いつまで待っていても、無駄なんだよ。永久に帰ってこないんだから」

「ほんとに帰ってこないの?」

「いや、そうじゃない。もしも――って言っただろ」

「だったら帰ってくるんでしょう? 待ってるわ」

「だから……」

どうもうまく言えない。いや、パパとママが死んだかもしれない――なんてことを、どうしてうまく言えたりできるものか。

坂口は泣きたくなった。実際、和代の必死に見返してくるような、つぶらな瞳《ひとみ》を見ていると、ほんとうに涙が湧《わ》いてきた。

「叔父さん、泣いてるの?」

和代は坂口の目を覗き込むようにして、訊いた。それから目を伏せて、

「和代、宮津へ行ってもいいわ」

と言った。

坂口は和代の頭をひしと抱えて、柔らかな髪の上に、涙をポタポタと落とした。

電話のベルがけたたましい音を立てた。

「ママかな?」

和代は坂口の抱擁をはね除《の》けるように動いて、電話口へ向かった。

威勢よく「はいっ」と言ったが、すぐに声の調子を落として、しばらく「はい、はい」と喋《しゃべ》って、受話器を坂口に向けた。

「岡部さんていう人から、叔父さんにって」

「岡部、警部が?」

何だろう?――と、坂口はすぐに不吉な予感がし

た。部長刑事の神谷からでなく、警部から直接、電話してきたことでそう思った。

「坂口君か、岡部だがね、いましがた一報が入って、福島県警の扱いで、身元不明者の死体が見つかったそうだ」

「死体……」

復唱しかけて、坂口は慌てて口ごもった。和代の大きな目が、じっとこっちを見上げている。

「あの、警部、性別は？　それと、一人ですか？」

「うん、一人だ、男だ」

「そうですか……」

坂口はわずかにほっとした。

「年齢がきみの義兄さんの歳恰好《とし》と似ているところがあるのでね、一応、念のために連絡したのだが、たぶん別人だろう」

「福島のどこですか？」

「ええと、ちょっと待ってくれ……」

資料に目を通す気配があった。

「石川町《いしかわまち》というところだ。石川郡石川町。何か思い当たることはあるかい？」

「いえ、ぜんぜん知らないところです」

そのことでも、坂口はほっとした。

「で、どうする、写真を電送してもらう手配はしておいたが、気になるようだったら行ってみたらどうだ」

「そうですね……」

坂口は和代を見下ろした。

「もう少し様子をみたいと思います。たぶん関係なさそうですし、それに、姪を放っておくわけにはいきませんので」

「そうか、それじゃ……、あ、ちょっと待ってくれ、何か情報が入ったようだ……」

岡部の言葉が途切れた。送話口を押さえているらしい。ふたたび喋りだした時の口調は、やや沈んだものになっていた。

「ワイシャツのクリーニング屋の縫い取りなんだが、どうやら『ヤマモト』と読めるそうだよ」

「そう、ですか……」

坂口の受話器を握る手から、スーッと力が抜けた。

3

坂口は東北新幹線を郡山《こおりやま》で降りた。遺体が発見現場である石川町から郡山の大学病院に送られ、そこで司法解剖に付せられているというのだ。

駅の改札口に、石川警察署の河村《かわむら》部長刑事が出迎えていてくれた。四十歳を二つか三つ出たぐらいだろうか。背は一六〇センチあるかないかぐらいで、横幅のがっちりした、なんとなく農家のおやじという雰囲気のする男だ。

坂口が名刺を出して「よろしくお願いします」と言うと、河村は馬鹿丁寧に、腰をかがめるようにして、「こちらこそ、よろしくお願《ねげ》えします」と頭を下げた。

「冷《ひ》えますねえ」

駅を出たところで、夜気の冷《つめ》たさに、坂口は思わず身をちぢめた。

「今年は冬のくるのが早いんでねえかと思われるのです」

河村は鈍重な喋り方をする。

「連絡によりますと、坂口さんは被害者のお身内であるのですか?」

「いや、山本という名前は一致してますが、まだ身元の確認をしていませんから、そうだとは断定できません」

「あ、んでしたな、これは失礼」

駅前にパトカーが停《と》まっていた。二人が近づくと、巡査が降りてきて、後部ドアを開けてくれた。東京の警視庁から来たということで、若い巡査はいくぶん緊張ぎみのように見えた。

車の中で、河村はポツポツと事件の状況を説明した。

「事件の発生はけさの八時頃でした。猫啼《ねこなき》温泉の寿《ことぶき》旅館というところから電話があって、近くの藪《やぶ》の中で人が死んでいるということでありました。それで行ってみたらば、男性の変死体でありまして、すでに冷たくなっておりましたので、ただちに検視をして、郡山の大学病院さ送ったのであります。

死因は青酸系統の毒物だそうで、死後八時間ないし十時間ということでありました。つまり、死亡時刻は、昨夜の十時から十二時頃ではないかということです。

目下のところ、他殺か自殺かの判断は下しておりませんが、まあ、状況からいって他殺、それも死体遺棄の可能性が強いと思っておるわけでして」

「被害者は一人だったのですね？　いや、付近の捜索もされたとは思いますが」

「もちろんしました。郡山署ほか、近隣の警察署からも応援を頼んで、百人ばかりで付近一帯の捜索を行っております。しかし、ほかには……、そう言われるということは、何か、まだほかにも？……」

「いいえ、そういうわけではありません……」

坂口は慌てて、不用意な発言を打ち消した。田舎のおっさんみたいな、とぼけた顔をしているけれど、河村はただの凡庸《ぼんよう》な刑事ではなさそうだ。

病院は夕方の食事どきを過ぎて、安静時間に入っているせいか、全体的に静かな雰囲気だった。階段を降りて、地下の遺体安置室へ行く。

白い大きなビニールのカバーを掛けられた遺体が、安置室の中央の寝台に横たわっていた。手向《たむ》けられた香華《こうげ》の匂いのほかに、一種独特の臭気が室内に漂っている。

被害者の家族に遺体を見せる役目は、過去に何度か経験があるけれど、自分が身内の遺体を確認する羽目になるとは、坂口は一度だって想像したことがなかった。

坂口は息を停めるようにして遺体に近づき、カバーの上部を捲《めく》った。

「義兄さん……」

思わず声を出してしまった。

半分以上は予期していたことだけれど、さすがにショックだった。何年間か同じ家で生活した、その当時のことが、走馬灯のように頭の中を駆けめぐった。生真面目《きまじめ》で仕事好きな義兄であった。あまり強い酒ではないが、坂口と日本酒を汲《く》み交わしながら、大規模な住宅団地の開発の話などを、熱っぽく語ることもあった。その顔がもう、ただの物質と化して、醜く変色しているのに、堪えきれぬ怒りを覚えた。

それから、姉と幼い和代の顔が浮かんだ。義兄に対してというより、その二人のことを思った時に、涙が溢れてきた。

「では、間違いないのでありますか?」

河村が痛ましそうに声を掛けた。

「義兄です。間違いありません」

坂口はしっかりした口調で言い、河村に持参した義兄の写真を見せた。

河村は写真と被害者の顔を見比べていたが、最後に頷《うなず》いた。

「どうも、ご愁傷さまであります」

深々とお辞儀をした。坂口は「は……」と頭を下げた。河村の悔やみに応じる、気のきいた言葉は思いつかなかった。

遺体安置室から正面玄関まで出てくると、二人の男が待ち構えていた。

「福島日報ですが、話を聞かせてください」

「だめだ、だめだ、何も話すことはねえ」

河村は煩《わずら》わしそうに手で払い除けるような恰好をした。

「話を聞きたければ、署のほうさ行ってくれ。本部長が談話を発表すっぺから」

「そしたら、テレビ用の話だけでも聞かせてくださいよ。いまなら、今夜のニュースに間に合うのですから」

「そんたらもの、間に合わんでもいい」

「そう言わないでさあ、そちらさんが身内の方ですか？　だったら、せめてホトケさんの住所と名前だけでもここで教えてくださいよ」

「分かりました」

坂口は仕方がないと思った。住所、氏名、勤務先など、いずれ調べれば分かることだ。そういうものを伝えて、ついでに持ってきた写真を記者に渡した。もし姉がこの写真を見て、事件を知ったら、何かを言ってくるだろう──。ただし、生きていればの話だけれども。

病院を出ると、捜査本部を設置した石川警察署へ向かった。

国道四号線を南下してまもなく、須賀川《すかがわ》市内で左折する。通称「石川街道」とよばれる国道一一八号である。

こういう街道の名前があることでも分かるように、

石川町は古くから開けた土地だ。大化二年（六四六）には国司、郡司が置かれ、陸奥国白河郡《むつのくにしらかわごおり》に属したといわれる。前九年の役で戦功のあった源氏の一族・石川氏がここに城を築き、以後、石川氏の城下町として繁盛したが、戦国末期に秀吉の命令で廃城の運命に遭い、江戸期にはこの地方の交通の要衝《ようしょう》として、また栄えたという。現在でも、畜産、酪農、葉たばこなど、農産物の集積地として地域の中心的役割を果たしている。

道路は鉄道の線路と平行して走っていた。

「あれは東北本線ですか？」

坂口は訊いた。

「いや、あれは水郡線《すいぐん》です。郡山から水戸までゆくローカル線ですよ」

言っているそばから列車が擦《す》れ違った。晩秋の日暮れは早く、風景はすっかり闇《やみ》の底に消えて、ことさらに寂しい。二両連結のディーゼルカーが、遠明かりのような窓の灯を揺らせながら、野末へ頼りなげに去ってゆくのを見ると、坂口の胸はいっそう重苦しく沈んでいった。

月も星もない、闇夜の中を石川警察署に到着した。石川町というのはどういう場所にあって、どういう佇まいの町なのか、坂口にはとうとう、はっきりしたイメージが摑めなかった。

捜査本部の看板は出ているが、初動捜査は完了しているので、殺人事件発生の当日の割には、署内は閑散としていた。

捜査本部に充てられた大会議室には、まだ数人の刑事が残って、何やら打ち合わせをやっている気配であった。

坂口はその前を通り過ぎて、応接室に案内された。しばらく待っていると、河村が若い刑事を伴って戻ってきた。

「沢田《さわだ》君です」

河村は紹介した。まだ二十歳《はたち》そこそこという感じの青年で、雪国の少年のように、頬《ほお》が赤い。

沢田刑事にメモを取らせて、河村は坂口に事情聴取を始めた。おたがい刑事だけに、質問するほうも答えるほうも、万事につけて要領がいい。

「なるほど、そうすると、山本さんは奥さん——つまり坂口さんのお姉さんと一緒に家を出たきりになっていたのですね、一人かと言われたのは、そういう意味でしたか」

河村は、それで納得した——というように頷いた。

「しかし、ご夫婦一緒だったとなると、いったい、お姉さんのほうはどうなったのでしょうか？……」

河村は探るように、上目遣いの刑事特有の目で、坂口の顔を舐《な》めるように見つめた。坂口は少しいやな気がした。河村の視線がいやだというのではなく、自分も被疑者に対してああいう目つきをしているのかと思うと、いくぶん自己嫌悪を感じたのだ。

「これまでのところ、まったくわけが分からないのです。姪に訊いても、さっきご説明したように、さっぱり要領を得ませんし」

「ご夫婦仲はどうだったのでしょうか？　仲が悪いとか、しょっちゅう夫婦喧嘩《げんか》をしていたとかいうような事実はありませんか？」

「それはたぶん、ないと思います……。いや、僕はかつて何年間か一緒に住んでいたことがありますが、少なくともその頃は、夫婦の仲はよく、義兄も僕とよく気が合ったし、まあ、仲のいい夫婦といってよかったと思います」

「こんなことを言うのはどうかと思うのですが……」

河村はいかにも言いにくそうにしている。

「いや、構いません、僕も素人ではありませんから、おっしゃりたいことはよく分かりますよ。要するに、義兄と姉とのあいだに何かトラブルでもあったのではないか——と、そういうことですね？」

「ええ、まあ、そういうことですが」

「それはないと思います。いまも言ったように、仲はよかったですし、それに、姪の話から想像しても、こういう事件を引き起こすようなトラブルがあった気配は、これっぽっちも感じられません」

「そうすると、昨夜お二人が誰かに会いに行ったという、その相手が問題ですな」

「でしょうね」

「その相手が誰なのか、ぜんぜん手掛かりはないのですか？」

「ええ、それも先ほど言ったとおりです。ただ、姪が断片的に憶えている名前で、『イズミ』というのがありますが、これがその相手の名前なのかどうか、それは何とも言えません」

「イズミ、ですか……。どういう字を書くのですかなあ。和泉か、ただの泉か。ともかくそれに該当するような人物の洗い出しをやってみましょう」

河村は立ち上がった。

「今夜はお疲れでしょうから、この辺で切り上げますか。狭いところですが、私の家に泊まってください」

「いや、それでは申し訳ない。どこか適当に宿を取ります」

「まあいいでないですか。この辺の旅館は一応、温泉だもんで、そう安くはないですからな、無駄なお金を使うことはないです。家《うち》は警察の官舎ですので、あまり上等ではないですが、かみさんの漬物が旨《うま》いのが唯一の取柄でして、ま、あまり珍しくもないでしょうが、食ってやってください」

河村は照れくさそうに笑った。

4

官舎は警察からそう遠くないということで、坂口は河村と肩を並べて歩いて行った。

「そういえば、さっき、温泉の名前をおっしゃってましたが、猫とかなんとか、妙な名前でしたね?」

「ああ、猫啼《ねこなき》温泉ですか。んですな、確かに妙な名前ですな。石川町には温泉は猫啼温泉と母畑《ぼばた》温泉とありますが、母畑というのもおかしな名前でしょう。二つとも謂《いわ》れがありましてね、母畑というのは、ほんとうは母衣旗《ほろはた》といったのだそうです。昔、源義《みなもとのよし》家《いえ》が奥州征伐に行く途中、戦勝祈願のため、山神に母衣と旗を奉納したのが、やがて訛《なま》って『母畑《ぼばた》』となったというのですな」

河村は文字の説明を闇の中に大きく書きながら、話した。

「猫啼温泉のほうはもう少しましな伝説があるのです。私は詳しいことは知らんのですが、和泉式部《いずみしきぶ》とかいう女の歌人がいたのだそうですな。その人がこの近くの産で、京都へ上る時にここさ立ち寄ったのだそうです。ところが、この和泉式部の飼っていた猫が怪我《けが》をしたとか、病気になったとかで、夜な夜な啼きながらどこかさ行ってしまう。それで、和泉式部が猫を探しに行くと、湯の湧いている泉に浸《つ》かって、傷口を舐めていたのですな。そうすると、猫の傷はみるみる治ってしまったので、これは霊験《れいげん》あらたかな温泉だというわけで、のちに誰言うともなく、猫啼温泉と名付けたということであります」

河村は気がつかないでいるが、坂口は話の途中で気になってならない。

「和泉式部ですか……」

「ああ、どうせ伝説ですからなあ、いいかげんなもんでしょうが、地元では観光資源として、結構、宣伝しているようです」

「姉夫婦が話していた例の『イズミ』という名前と同じですねえ」

「え？　ああ、なるほど、そういや、和泉ですなあ……。ははは、まさか和泉式部は事件には関係ないでしょう。なにしろ、千年も昔の女性だそうですからな」

河村の家は、いくつも同じような家が並んだ中の一つであった。出迎えた河村の妻は、河村から漬物の話を聞いたばかりのせいか、文字どおり、糟糠《そうこう》の妻という印象を受けた。

河村は早速、漬物を出させ、冷《ひや》でいいからと、酒を運ばせた。

「子供を小さい時に亡くしましてね、気楽な暮らしをしております」

「そうですか、それはお寂しいでしょう」

言ってから、坂口は和代のことを思い出した。もしも姉までが死んでいるようなことにでもなったら、あの子はどうなるのだろう――。

「すみませんが、電話を拝借します」

ともかく報《し》らせるべきところへは、報らせなければならない。坂口はまず平塚の叔母に電話して、義兄の死を伝えた。叔母は「やっぱり……」と言ったきり、絶句した。仮定の話をしている時には、割と気楽そうに喋っていたのが、事実と分かると、さすがにいろいろな想いが一挙に湧いてくるのだろう。

「それで、裕子さんは？　お姉さんはどうなったの？」

「まだです、まだ見つかっていません」

「じゃあ、一緒に死んだっていうわけじゃないのね。もしかすると、死に切れなくて、どこかをさまよっているのかもしれないわ」

「いや、違うのです」

坂口は声をひそめて言った。

「義兄さんは自殺じゃなくて、殺されたらしいのですよ」

「えっ？　殺……」

叔母は言葉を半分飲み込んだ。

「どういうことなのっ？　誰に、どうして？　じゃあ、裕子さんはどうなっているのよ？　まさか、誘拐でもされたんじゃないの？　警察は何をやってるのよ？」

「叔母さん……」

坂口は悲しそうに、しかし、きつい声で窘《たしな》めた。

「ああ……、ごめんよ、取り乱したりして。あんまりびっくりしたものだから……。それで、宮津には知らせたの？」

「いえ、まだです、これからです」

「そうなの……。あっちの家は難しいから、何か言われるかもしれないけど、怒ったりしちゃだめよ」

「はあ……」

叔母の言う意味は、その時は分からなかったが、宮津に電話してみて、坂口は思い知ることになった。

「どういうこっちゃね？」

坂口が事件のあらましと、義兄の死を言ったか言わないかのうちに、義兄の父親はいきなり、そう怒鳴った。

「そやから、やめとけと言うたんじゃ。いつかこういうことになるちゅうことは、分かっておったんじや。東京の女はあかん言うたのに、親の言うことを聞かんと……」

口汚く罵《ののし》って、最後に、「わしは何も知らんさかいにな」と一方的に宣言して、電話を切ってしまった。

坂口は腹を立てるより、情けなかった。取りつく島もないというのは、こういうのをいうのだろう。これで、もし姉に万一のことがあったら、和代をどうすればいいのか。今度こそは難しいことになったと思った。

最後に、坂口は岡部警部の自宅の番号をダイヤルした。夫人が出た。

「あら、坂口さん、お元気?」

屈託のない、若々しい声だ。神谷部長刑事に連れられて、年始の挨拶に行ったのが、もう二年前になる。まだ刑事になりたての頃だった。警視庁きっての名探偵——といわれる岡部警部の夫人に会うというので、ずいぶん緊張していた記憶がある。想像と違って、夫人は少女をそのままおとなにしたような、あっけらかんとした女性だった。

以来、坂口は岡部警部に対するのとは異なる敬愛を、ひそかに岡部夫人に抱いている。

夫人に代わって電話口に出た岡部は、挨拶もそこそこに、重い声で、短く、「どうした?」と言った。

「やはり義兄でした、姉のほうはまだ発見されていません」

「そうか……」

しばらく黙って、

「で、状況は?」

「ほぼ、他殺と考えられるそうです」

坂口はこれまでに分かっている状況を、かいつまんで説明した。

「なぜ、そこなんだ？」

　岡部は訊いた。

「私にも分かりません。思い当たることがありません。義兄にも姉にも、福島県の話を聞いた記憶がないのです」

「ふーん……」

　岡部は考え込んでいる様子だったが、諦《あきら》めたように言った。

「それじゃ、こっちのほうは当分いいから、片付くまでそっちに専念しなさい」

「はあ、ありがとうございます。しかし、五反田《ごたんだ》の事件のことが……」

「あれはいい、神谷部長に任せておけばなんとかするだろう。それより、あの子はどうした、姪御さんは」

「和代はご近所のお宅で預かってもらっています」

　幼稚園仲間のマー君という坊やのいる三上《みかみ》家に、和代は預けてきた。

「で、事件のことは？」

「まだです、どう言って聞かせればいいのか……」

「そうだな、難しい問題だね……。事件に遭ったと言いつくろっても、いずれは本当のことが耳に入ることになるだろうしね。悪いおじさんに殺されたとか、そういう言い方をするしかないだろうね」

「遺体を見せなければならないのですが、どうしたらいいでしょうか？」

「それは……、どうもだらしのない話だが、刑事なんてものは、他人の事件のことだと割と平気なくせに、身内のこととなると、まるで素人同然だな。私もどうすればいいのか、言いようがない」

　岡部は沈んだ声で言った。こういう時だけに、坂口は岡部が「身内のこと」と言ってくれたのが嬉《うれ》しかった。名探偵が自分と同じ次元で、この不幸を嘆いてくれるのだと思うと、わずかでも救われるような気がした。

迷ったあげく、坂口は三上家に電話をした。電話には最初、三上夫人が出て、すぐに和代に替わった。和代はマー君となにかゲームでもしていたのか、「待っててね」とませた口調で言うのが聞こえてから「ハイ」と大きな声が飛び出した。

「はい、山本です」

「ああ、和代かい？　叔父さんだ」

「あ、叔父さん、いまどこ？　パパとママは見つかったの？」

矢つぎ早の質問だった。

「ああ、パパは見つかったけどね、ちょっと怪我をしてるんだ」

「ケガ？　血が出たの？」

「ん？　ああ、血が出た」

「たくさん？」

「うん、たくさんだ」

「死んじゃうくらい？」

「………」

坂口は声が詰まった。何か言わなければと思うのだが、このひと言が和代の一生に重大な影響を齎《もたら》すのだと思うと、胸も塞《ふさ》がる想いがした。

「もしかすると……、和代、もしかするとだよ、いいね、聞いてるね？」

「うん、聞いてる」

「もしかすると、パパは死ぬかもしれない」

言い切って、坂口は受話器の奥の気配に、全神経を傾けた。

「死ぬって……」

和代はか細く言った。

「いなくなっちゃうの？」

「うん、そうだ、いなくなっちゃうのだ」

「えいきゅうに？」

「ああ、永久に……」

坂口は涙が溢れてくるのを、慌てて服の袖口《そでぐち》で拭《ぬぐ》った。

「ママも？」

「いや、ママは……」

もっと辛《つら》いことを宣告する勇気は、坂口にはなかった。

「ママはまだ分からない、見つからないんだよ。だから、和代は今夜は三上さんの家に泊めていただきなさい。おばさんに頼んでおくから。いいね」

「うん、いいけど……、ママ、どこへ行っちゃったんでしょうねえ？　しょうがないわねえ……」

ませた口調が、坂口をまた泣かせた。

再び電話に出た三上夫人も、坂口から話を聞く前に事情を察したらしく、受け応《こた》えする声が震えていた。

「ええ、和代ちゃんのことはご心配なく……」

そう言いながら、語尾が涙でかすれた。

「どうも、辛い電話でしたなあ」

電話を終えた坂口に、河村は少し会釈《えしゃく》するようにして、言った。河村夫人は隣の部屋で目頭を拭っていた。

5

翌朝、坂口は河村と一緒にパトカーで遺体の発見された現場へ行った。

日中見ると石川町の市街地は、けっこう賑《にぎ》やかなのであった。警察署の周辺には、営林署、郵便局などが建ち並び、商店街も人出が多い。

「ずいぶん賑やかな街なのですねえ」

坂口は思ったまま、意外そうな口振りで言った。

「ああ、この辺りは、ですな。石川町は人口二万の町ですから、まあ、町としては大きいほうですか。歴史的に言っても、開けたのが福島県の中でも最も古いくらいなもんで、寺だとか神社、それに文教施設なんかは、割と充実しているようです。私の出た石川高校というのは、私立学校としては、本県最古の歴史を誇っておりましてなあ」

河村は地元の自慢話になると、饒舌《じょうぜつ》になった。本人もそれに気付いたのか、照れたように付け加えた。

「まあその、そういう土地だからして、和泉式部の伝説みたいなもんが残っているのではないでしょうか」

「しかし、和泉式部がこの付近の出身だとは知りませんでした」

「はあ、いや、私だってそんなことは最近になってから知ったようなもんです。だいたい、和泉式部という人がそんな有名人だとは知りませんでしたからなあ」

「有名人」という言い方はおかしいが、坂口にしたって、和泉式部のことは、せいぜい百人一首に歌があることぐらいしか知らない。いや、逆な見方をすれば、その程度とはいっても、坂口のような、あまり文学に縁のない人間が知っているほどの「有名人」ということになるのかもしれないが。

「東京の大学の先生が役場に来て、和泉式部が産湯《うぶゆ》を浴びたり、和泉式部の猫が傷口を洗ったという泉がこの辺りにあるはずだ――と話したもんで、町の観光課や教育課の連中が大騒ぎして、先生と一緒に探しましてね。それ以来、いっぺんに有名になりましたけんど」

「じゃあ、そういう泉がほんとうにあったのですか？」

「あったのですなあ。藪の中さ埋もれるようになっておったのですが、ちゃんとあったのです。町の者も誰も知らなんだのを、何かの古い書物に出ていたとかで……。しかし、学者先生というのは大したもんです。いまは、その泉の周りをすっかりきれいに整備して、石川町の観光名所になっておりますよ」

　河村はよほど愛町精神に富んだ男らしく、そういう話をする時は、いかにも嬉しげであった。

「泉ですか……」

　坂口はまたその言葉にこだわった。といっても、べつに深い意味があるとは思えない。ただ、姉夫婦が残した、唯一の言葉が「イズミ」だったことから、無意識のうちに、何かそこに意味を感じ取ろうとしているのかもしれない。

（警部が「刑事たるもの、自分の勘にこだわれ」と言っていたな——）

　坂口は思った。岡部警部の口癖がそれだった。近代的な犯罪捜査は、科学力と組織力によるといっても、究極のところでは、やはり個人の知恵によらなければならない——というのが岡部の持論だ。

「単純な暴力事犯ならともかく、テキが完全犯罪を目論《もくろ》んでいるような事件では、こっちもそれなりの知恵を働かさなければならない。知能的犯罪に対しては、いくらデータを収集しても、核心に迫ることが出来ないケースがあるものだ。そういう場合、捜査員はいかにつまらないと思えるような事象に対してでも、怠りなく目を注ぎ、耳を傾け、自分の勘にひっかかるものを見つけ出すことだ。そして、見つけたなら、そいつにどこまでもこだわれ。こだわり通せば、そこから何かが見えてくる」

ほかの者の言ったことなら、坂口はあるいはそれほど影響されなかったかもしれない。岡部警部の言葉である——という点で、その言には重みがあった。

岡部警部の指揮する捜査陣に加わった、過去の事件で、坂口は岡部警部が自らの説を実証するような、みごとな推理ゲームを展開するのを、幾度も経験してきた。坂口はもちろん、ほかの捜査員の誰もが気にも留めなかったような瑣末《さまつ》的な出来事や物証から、岡部は鮮やかに真相を割り出し、犯人を追い詰めた。

とはいえ、千年も昔の女流歌人である和泉式部が、この事件に関係するという連想は、どう逆立ちしても湧いてきそうになかった。

ものの五分も走らないうちに、パトカーは停まった。

「あそこがそうです」

河村が指差した所は、車の通る道からわずか数メートルの藪の中であった。すでに実況検分は終わっているので、立ち入り禁止のロープは張ってない。藪といっても灌木《かんぼく》が少しある程度で、あとは枯れ尾花が深く生い茂っているだけだ。

「藪の中には犯人の足跡らしいものはなかったですから、遺体はおそらく、この道路から二人がかりであの場所に放り投げたのではないかと考えられます」

河村の言うとおり、反動をつけて「一、二の三」で放り投げれば届きそうな距離であった。

「遺留品は発見できなかったのですが、道路に足跡がかすかに残っていたのを、採取してあります。もっとも、それが犯人のものであるかどうかは分かりませんが」

坂口は現場を眺めながら、こんな寂しい場所で死んでいた義兄のことを思い、悲しみとともに鬱勃《うつぼつ》とした怒りが湧いた。現場に向かって合掌した指先が、ブルブルと震えるのを、抑えようがなかった。もしこの手で犯人を捕らえることができたなら、その場で八つ裂きにしてやりたかった。

「それにしても、なぜこんなところで……」

興奮の中で、坂口は疑問を口に出した。東京にいた義兄が、なぜこんな場所で死んでいなければならなかったのか、その繋がりが想像を絶している。

「それはわれわれも知りたいところでありまして」

河村も残念そうに言った。被害者にもっとも近い坂口にも、その理由が分からないのでは、捜査員の一人としては、失望しないわけにはいかない。

そのあと、第一発見者である寿旅館の番頭に会ってみることにした。

猫啼温泉は石川駅から約一キロの、白河街道をわずかに入ったところにある。前を流れる北須川《きたすがわ》という、そう大きくない川を渡った、山際の宿だ。旅館は一軒しかなく、その代わり、かなり規模の大きな建物であった。

番頭は小池《こいけ》という、実直そうな中年男で、昨日からの警察の事情聴取に、いささか辟易《へきえき》しているらしい。

「あの現場は、ここからはちょっと離れているように思うのですが、朝早くから、あの辺りを通る用事でもあったのですか？」

坂口はいくぶん意地悪な質問をした。

「いえ、いつもは滅多に行くことはないし、通ったとしても、あそこに死体があるのを発見することもなかったと思います。たまたま昨日は、東京から大学の先生がみえるというんで、和泉式部の泉を掃除しに行って、その帰りに、ゴミなんかが落ちていたらみっともないと、道路の脇《わき》を注意しながら歩いたのです。そしたら、あんな大変なものを発見して……」

「ああ、和泉式部の泉というのは、あっちにあるのですか」

「ええ、あのちょっと先へ行った所です。なんなら、ご案内しますか?」

「いや、それはあとで行ってみますが、ところで、被害者のことについてですが、こちらの河村部長さんに聞いたところによると、小池さんは被害者の顔に見憶えがあるのだそうですね?」

「いえ、見憶えがあると、はっきり言えるほど自信はないのですが、以前、うちに見えたお客さんのような気がしたもんで、そう申し上げたのですが。しかし、間違いなくそうかどうか分かりません。うちの仲居にも何人か訊いてみましたが、やっぱり私と同じような、頼りないことばかりで……。昨夜、刑事さんが見えて、身元が分かったので、宿帳を調べてみてくれと言われて、けさまでかかって、ずっと前の宿帳までひっくり返して調べたのですが、そういうお客様の名前はありませんでした。偽名でも使っていれば分かりませんが、どうも私の勘違いか、似たようなお客様がいたのだと思います」

「仲居さんにも話を聞きたいですね」

番頭に仲居を呼んでもらったが、どうもはっきりした口はきかない。番頭に、あまり変なことは言わないほうがいいと、口止めでもされている様子だ。

「でも、よく似ているように思ったんですけれどねえ、テレビで見てもそう思いましたよ」

それでも、中でいちばん若そうな一人が、未練たらしく、言った。

「テレビで見たって、ニュースか何かで？」

「ええ、けさのニュースで写真が出たんですけどね、やっぱし、見たことがある人だと思ったんですよねえ。ねえ、美代《みよ》さんもそう言ってたじゃない」

朋輩《ほうばい》に同意を求めている。

「そうねえ、似ていたように思えたけど」

「しかしさ、他人の空似っていうこともあるのでないの？」

番頭が余計なことを――と言いたそうに、後ろを振り向いて言った。

「でも、あの先生も見たことのある顔だっておっしゃってましたよ」

「あの先生というのは？」

坂口は耳ざとく、訊いた。

「和泉式部の先生です、大学の」

「和泉式部の泉を見つけたという？」

「はい、吉川弘一先生といわれるのですけど」

「その先生に会いたいのだが、まだこちらにいますか？」

「はあ、おいでですけど、先生は事件とは関係ないですよ」

番頭は困った顔である。

「いや、関係ないことは分かっていますが、ちょっとだけ話が聞ければいいのです」

番頭はしぶしぶ、仲居に「先生」の都合を訊きに行かせた。ちょっとくらいなら差支えないということで、坂口、河村両刑事は「先生」の滞在している部屋に通された。

寿旅館ではもっとも上等の部屋と思われる、二間続きの広い和室だった。「先生」は奥の十六畳の部屋の真中《まんなか》で、座卓いっぱいに何やら資料をひろげて執筆に余念がない。一同が入ってゆくと、眼鏡の上から見て、「さあ、どうぞ」と言った。

学者先生というから、さぞかし気難しい人物かと想像していたが、そんなことはないらしい。坂口が名乗っても、あまり警察だの刑事だのということを気にかけない性格のようだ。

「先生は、今度の事件の被害者の顔に、見憶えがあるのだそうですね？」

「ああ、さっきのね、テレビで。そうそう、確かにね、あの人ですなあ、間違いなく、名前も同じだし」

吉川弘一は贅肉《ぜいにく》の少ない、中背の、見た目には、ただの人のいい老人という印象だった。文学の先生と聞いたけれど、その割に喋り方が軽く、センテンスがあっちへ飛び、こっちへ飛びするのも、かえって親しみを感じさせる。

「いつ頃ですか、先生がお会いになったのは？」

「ええと、あれは確か、そうね、十一月五日でしたな、有明町《ありあけ》へ行ったのが、その日でしたからね」

「は？……」

坂口は首を差し延べるように、疑問を挟んだ。

「有明町と言われたのですか？」

「そうですよ、有明町です、佐賀県の」

「佐賀県？……、じゃあ、先生が被害者に会われたのは、九州の佐賀県だったのですか？」

「そうそう、佐賀県の有明町。そこには和泉式部の墓とされる供養塔がありましてね、福泉寺《ふくせんじ》というお寺の裏ですがね。そこを訪ねた際に、会ったのですよ」

「え？　また和泉式部ですか？」

坂口は思わず叫んで、黙って控えている河村と顔を見合わせた。

第二章　和泉式部伝説

1

「和泉式部がどうかしましたか？」

吉川弘一は坂口の驚きぶりを不審に思って訊《き》いた。

「はあ、じつは、私の姪《めい》――つまり、さっきテレビでご覧になった被害者の娘ですが、その子が言うには、姉夫婦が家を出る前に交わした会話の中に、『イズミ』という言葉があったというのです。イズミとは人の名前らしいのですが、私にも姪にも心当たりがないのです。そこへもってきて、今回の事件現場が和泉式部の史蹟《しせき》の傍《そば》だというので、そのイズミに何か意味があるのではないかと……そうしたら、先生がまた和泉式部と言われたものですから」

「なるほど。そうすると、あなたのお姉さんのご主人は、やはり和泉式部の研究をなさっておられたのですかな？」

「いいえ、義兄が和泉式部の話をするのを聞いたこともありませんし、第一、そういうことをやりそうなタイプには思えません」

「ははは、タイプで研究をするわけでもないでしょうけどねえ」

吉川は苦笑いを浮かべた。

「それじゃ、おそらくただの見物で行っておられたのでしょうな。しかし、私のような研究者でないのなら、よほどの物好きでもなければ、東京からわざわざ見物に出掛けるほどのものとも思えないが……それとも、何かあの辺りにおいでになるついでがあったのでしょうかなあ」

「その有明町というのは、どういうところなのですか？」

坂口は訊いた。

「まあ、べつに取り立ててどうということのない、のんびりした田舎の町ですな。そうそう、有明海に面していて、ほら、ムツゴロウという変わった魚がいるので有名な干潟《ひがた》のある町ですよ」

「ああ、あれなら私もテレビなんかで見たことがあります。そうですか、あそこが有明町なのですか……」

と言ったものの、義兄が有明町や佐賀県にどのような用件があったのか、坂口にはまるで見当もつかなかった。

「私は歴史にあまり詳しくないので、同じ式部でも紫式部なら源氏物語の作者だぐらいは知っているのですが、和泉式部というのはどういう人物なのか、ほとんど知りません。そんなに有名な人なのですか？」

坂口は出来の悪い大学生のように、恥ずかしそうに質問した。

「そうですなあ、紫式部や清少納言ほどはポピュラーじゃないかもしれないけれど、まあ、王朝文学史上に名を残す女流歌人であることは確かです。宮家や公卿《くぎょう》たちとのラブロマンスでも知られているし、百人一首に『あらざらむこの世のほかの思ひ出にいまひとたびの逢ふこともがな』という歌があります。あ、それより、小式部内侍《こしきぶのないし》の母と言ったほうが分かりが早いかもしれませんな」

「はあ……」

「ご存じないかな、小式部内侍を？　やはり百人一首に『大江山《おおえやま》いくのの道の遠ければまだふみもみず天橋立《あまのはしだて》』という歌があるが」

「ああ、その歌なら聞いたことがあります。そうだ、あれは姉の口から聞いたのでした」

「ほう、お姉さんから？」

「はあ、天橋立へ行った時の土産に、何かそういう歌が書いてあって、それを読んだのかもしれません」

坂口はおぼろげに、その時の情景を思い出していた。新婚旅行を兼ねて、山本の故郷へ結婚の報告をしに行った帰路、姉夫婦は天橋立に遊んだ。その時の記念に、何か土産を買ってきてくれた。それが何だったかは思い出せない。忘れるほど遠い話になってしまったのだ――と、坂口は姉がもはやこの世にいないことを、ほとんど絶望的に思った。

「先生が有明町へ行かれたのは、十一月の五日と言われましたね」

会話が途絶えたのを汐《しお》に、河村部長刑事が手帳を繙《ひもと》いて、言った。

「その日は土曜日になっていますが、坂口さん、だとするとお兄さんは会社を休んでそこへ行ったことになりませんか？」

「あ、そうですね、ちょっと問い合わせてみましょう」

坂口は旅館の電話を借りて、山本民夫の勤務先に連絡した。

山本が殺された事件のことはすでに会社に伝えら

れ、石川署の捜査本部からもけさ方、事情聴取のために、刑事が二人東京へ向かっていた。

電話には、山本の上司である経理部の内藤《ないとう》という課長が出た。部下が殺されたという大事件の発生に、さすがに緊張しきっている様子が、電話を通してもありありと分かる。警視庁の刑事と名乗った坂口の質問に、上擦《うわず》った口調で応対した。

「十一月五日ですか？　ああ、その日は土曜日ですね。だったら当社は休みです。週休二日制ですから」

「あ、そうでしたか、どうもありがとうございました」

坂口が礼を言って電話を切ろうとすると、追い掛けるようにして、内藤は事件の状況をあれこれ質問した。坂口はまだ何も判明していないと答えるしかなかった。

「なるほど、週休二日ですか」

河村は憮然《ぶぜん》として呟《つぶや》いた。刑事稼業は週休二日どころか、捜査に入ると休みも返上というのがあたりまえのようなものだ。もっとも、近頃の若い刑事の中には、かなりしっかりと休暇をとる現代っ子も少なくない。そのことも思い合わせて、河村はつい仏頂面《ぶっちょうづら》になっている。

「ところで先生」と坂口は訊いた。

「和泉式部の史蹟というのは、ここと有明町と二カ所もあるのですか？」

「いやいや、とんでもない」

吉川は笑った。

「二カ所どころか、いま分かっているだけでも、少なくとも十何カ所もあります」

「どうしてそんなに沢山あるのですか？」

「あると言ってもいずれも伝説ですがね。それというのも、はっきりした墓所の位置が分からないためです。京都に誠心院《せいしんいん》というお寺があって、そこにあるのが和泉式部の墓だと言われていた時期があったらしいが、それがきわめて眉唾《まゆつば》ものでしてね、そういうところから、全国各地に怪しげな伝説が噴き出したと言っていいかもしれない。もっとも、墓というより、供養塔と言うべきものが多いのですがね。それに、墓ばかりじゃない、それと同じくらいの数の出生の地があるのですよ」

「出生の地もですか？　墓ならまだしも、分骨という方法がありますから、理解できますけど、出生地がいくつもあるというのはおかしいですねえ」

「なに、それも同じことですよ。確かに和泉式部の出生地だとする決め手はどこにもないので、それぞれ自分のところが正しいと主張できるわけですな。そういうのは美女伝説につきものなのですよ。たとえば小野小町《おののこまち》などにも、そういう伝説があります」

「あ、それは聞いたことがあります。秋田県のほうには小野村というのがあって、そこが出生の地だとか、墓があるとか……」

「そうそう、そういうのはだいたい、出生地と墓とがワンセットになって、両方ともあるというのが多いですな。有明町の場合は、隣の白石という町に出生地があります」

「この近くには、和泉式部が産湯を浴びた泉があるそうですね。すると、やはり墓もあるのですか？」

「ここには墓はないけれど、光国寺《こうこくじ》というお寺に、和泉式部の功徳《くどく》を称《たた》えて建立《こんりゅう》された和泉式部堂というお堂がありますな」

坂口がまだ質問をしようとするのを、脇から可が袖《そで》を引いた。

「坂口さん、あまりのんびりはしておれませ

「あ、そうでした」

坂口は反省した。今はともかく、姉の行方を探さなければならないという、当面の急務がある。吉川弘一とのんびり和泉式部の話などしている暇はない。

二人の刑事は丁重に礼を述べて、吉川の部屋を出ようとした。吉川は襖《ふすま》のところまで送って出ながら、

「ちょっと気になることがあるのだが……」

と呟くように言った。

坂口と河村は足を停めた。

「気になると言われたのですか？」

坂口は訊いた。

「ああ、ちょっと、ですな……こういうことは言わないほうがいいのかもしれないが。じつは、あなたのお義兄さん……山本さんでしたか、その方はひょっとすると、私に会いにここに来たのではないかと、そんな気がしましてね」

「えっ？　先生に会いに？」

坂口は驚いた。

「それはどういう意味ですか？」

「じつはですな、有明町でお義兄さんに会った際、私は山本さんのライターを拾ったのですよ」

「ライターを、ですか？」

「ええ、それで、ある雑誌にエッセイみたいなものを頼まれた時、そのことを書いたのだが……」

吉川は手帳を持ってきて、そこに挟んである切り抜きを坂口に見せてくれた。

それは『伝言板』というコラムのようなページで、著名人が近況報告のついでに誰かに何かを伝えるといった趣旨の、エッセイ風の文章が掲載されている。

吉川の文章は、大半は和泉式部研究に関する真面《まじ》目《め》な内容だったが、最後のところで、取材旅行先でのエピソードとして、佐賀県有明町の福泉寺で出会

った男のライターを拾った話が書かれてあった。

――（前略）拾ったライターをうっかりポケットに入れたまま帰京してしまった。家人に聞くと外国製のかなり高価なものらしい。いまさら警察に届けるのも面倒だし、なろうことなら、御当人がこの記事を読んで連絡してきてくれることを願っている次第である。

「これが雑誌に掲載されたのは、つい五、六日前のことだが、それから二、三日……つまり、さき一昨日《おとつい》でしたが、山本と名乗る人から電話がありましてね」

「そうすると、義兄はこの文章を読んでお電話をしたということですね？」

「そのようですな。それで、ライターを拾ってくれたことに対するお礼を言われ、取りにみえるというお話だったのだが、しかし、私がちょうどここに取材旅行に出る予定になっていたもので、そのことを説明して、またの機会にとお断り申し上げたようなわけでしてね。ところが、こういう事件が起きてみると、どうも私を追ってきたような、まあ、正直いって、あまりいい気持ちがしないわけで……」

「では、そのライターが、一刻も早く取り戻したいほど、重要な品だったのでしょうか？」

「さあ、それはどうでしょうかなあ。いくら高価なものといっても、宝石ではありませんからな、命懸けで……というほどのものではないでしょう。まあ、ここにも和泉式部の史蹟があるので、たまたま、それを見にみえたのかもしれないし……第一、私はライターを持ち歩いているわけではありませんからな」

「なるほど、それもそうですねえ……」

山本民夫の行動は、ますます不可解の度合いを強めることになってしまった。

坂口はあらためて吉川に礼を述べ、別れを告げた。石川署に戻ると、ちょうど岡部警部から電話が入ったところだった。

「お姉さんの行方はまだか？」

「はあ、手掛かりはありません」

「そうか……」

岡部は沈痛な声で言い、押し黙った。

「じつは、ここの温泉に滞在中の文学の先生が、佐賀県の有明町というところで、偶然、義兄と会ったと言うのです」

坂口は吉川弘一の一件を話した。岡部はうんうんと相槌《あいづち》を打ちながら聞いていたが、石川町の現場と有明町とに「和泉式部」という共通項があるという点に、ひどく興味を惹《ひ》かれた様子だった。

「偶然にしても、気になる話だな」

「はあ、私もそう思いまして……しかし、たまたま両方に和泉式部の史蹟があったというだけのことで、それ以上の意味は何もないのではないでしょうか？」

「ああ、たぶんね……ただの偶然なのだろうね」

岡部は心残りな言い方をした。坂口のほうも、口では「意味はない」と言いながら、両方の場所の共通点については、かなり気にはなっていた。

「ところで、きみの姪御さんだが、よかったら、しばらくうちで預かろうか」

「えっ？　警部のお宅にですか？」

「ああ、うちなら子供が二人いるし、一人ぐらい増えたってどうってことはない。女房もそう言っているんだ」

「ほんとですか……それはとてもありがたいお話ですが、しかし、ご迷惑では？」

「ははは、一人前に遠慮するようなことを言うな。ともかく、緊急避難措置として、そういうことにしたらどうだ」

「はい、ありがとうございます。よろしくお願いします」

　坂口は電話に向かって頭を下げた。

「それじゃ、女房が迎えに行くから、姪御さんに連絡だけしてあげてくれ」

　岡部警部よりも、岡部夫人がそう言ってくれたということに、坂口は感激していた。美人で理知的で気立てが優しくて……。世の中にはそういう完全無欠な女性がいる——という典型を見るような夫人は、坂口の憧《あこが》れの的であった。

　三上家に電話を入れ、三上夫人に事情を説明すると、「うちでお預かりしますのに」と言ってくれたが、いつまでも好意に甘えるわけにはいかない。

　夫人に替わって和代が出た。

「パパ、どうなの？　死んじゃったの？」

　いきなり訊かれて、坂口はずいぶん腹を決めていたつもりであるのに、すぐには言葉が出なかった。

「いいかい和代、いい子だから、落ち着いて叔父さんの言うことを聞くんだよ」

「うん、分かった、落ち着いて聞く」

「あのね、パパはね、とても危険な状態なんだ。だからもしかすると、もしかするとだよ、死ぬかもしれない」

「…………」

「聞いているかい？　和代」

「うん、聞いてる」

「それでね、叔父さんはこれからパパと一緒に東京へ向かうけど、そっちに着くのはたぶん夜遅くになってしまう。だから、叔父さんの代わりに岡部さん

という おばさんが迎えに行ってくれるから、和代はそのおばさんのお宅で待っているんだ。いいね、叔父さんが帰るまで、岡部さんのお宅で、おとなしくしているんだよ」

「うん、分かった、おとなしくしてる」

「そうか、それじゃ」

「あ、叔父さん、ママは？　ママはどうしたの？」

「……ママは、まだ見つかっていないんだ」

「どうして？　どうしてなの？　ママはどこへ行っちゃったの？」

「いま、みんなで探しているから、まもなく見つかると思うよ。とにかく待っているしかないんだ」

もう坂口の口調からは、気休めの言葉も出ない状態になっていた。緊迫感がひしひしと伝わるのか、和代も黙ってしまった。坂口は「それじゃね」と言って、逃げるように受話器を置いた。電話の向こうで、和代が受話器を握ったまま、「ママは？……」と呟いている姿が目に見えるような気がした。

それにしても姉の裕子はいったいどうなったのか、そのことが何よりも気にかかった。警察は福島県内の各所轄に対して、山本裕子の所在について留意するよう指令を出してはいるけれど、それはあくまでも日常的な業務の中でということであって、特別な捜索活動をするわけではない。いずれ写真が配られ、聞き込みが始まるにしても、それまではまだ時間がかかる。

坂口はふたたび河村と一緒にパトカーで郡山へ向かった。山本の遺体はドライアイス詰めにして東京へ搬送する手筈《てはず》であった。もっとも、この陽気なら、ドライアイスも必要ではないかもしれない。

「みぞれでも降りそうな天気ですなあ」

河村は空を見上げて言った。山脈を越えてきた黒い雪雲が、薄曇りの空をしだいに重く覆いつつあった。

2

山本民夫の遺体が坂口に付き添われて自宅に戻ったのは、すでに夜に入ってからのことである。それまでのあいだに、山本の会社の人々が葬儀社を手配してくれて、祭壇が整えられてあった。

柩《ひつぎ》を祭壇の上に載せる前に、和代との対面が行われた。岡部夫人にしっかり抱きしめられながら、和代は柩の中で冷たくなっている父親の顔に触って、しゃくり上げるようにして、とめどなく泣いた。

和代にはまだ死の意味が本当には理解できていないのではないか――と坂口は思っていたのだが、そうではなかった。もうこれっきり会えなくなることが、和代にははっきりと分かっているのだ。父親の大きな胸にぶつかって遊べる日は、二度とこない。その信じられないような事実を、幼いながら、和代は自分に納得させようとしている。

岡部夫人をはじめ、居並ぶ人々はみな、貰《もら》い泣きにむせんだ。坂口も幾度もハンカチで目を拭《ぬぐ》った。だが、それ以上に大きな悲しみが、おそらく和代の行く手には待っているにちがいない。母親の死を知った時の和代の悲嘆を、坂口は想像することさえ辛《つら》かった。

通夜には平塚の叔母の身内のほか、山本民夫の会社の上司や同僚がかなりの人数と、近所の人々などが参会してくれた。岡部警部、神谷部長刑事も夜遅くまで付き合った。それに福島県警と石川署の刑事が二人顔を見せていたが、こっちのほうは来会者への事情聴取が目的だった。

山本の会社での事情聴取はあまり得るところがなかったそうだ。同僚も上司も、山本が殺されるような理由は思い当たらないと言っている。

「確か、夫婦仲もいいっていう評判でしたが……」

内藤課長はそう言ったが、それが山本夫妻の会社におけるイメージであった。勤務成績もよく、オフィスラブだのというような破廉恥《はれんち》は、山本の場合は絶対あり得ない――というのが彼らの一致した見方であった。

だが、それでも山本は殺されたのである。しかも、妻の裕子もまた失踪《しっそう》し、その安否が気づかわれている。

「ということは、われわれが知らない何かの事情が、山本君夫妻にはあったということなのでしょうかねえ……」

内藤は最後にはそう言って首を傾《かし》げた。


福島の捜査官からその話を聞いた時、坂口は（そんな事情など、あってたまるか――）と腹が立ってならなかった。

「冗談じゃないですよ」

さすがに刑事には反論しなかったが、岡部警部にその憤懣《ふんまん》をぶつけた。

「姉夫婦に限って、殺されたりしなければならない事情なんか、あるわけがないのです。義兄だって真面目人間そのものですし、姉は義兄のことを愛しきっていましたからね」

「まあ、そう言いたい気持ちは分からないではないがね」

岡部は苦笑して言った。

「しかし、夫婦には夫婦にしか分からない秘密の部分があるものだよ。表面的には平穏で完璧《かんぺき》に見えても、それぞれの夫婦にはそれぞれの問題があるのかもしれない」

「それじゃ……」

警部のお宅も——と言いそうになって、坂口は口を噤《つぐ》んだ。岡部の口調には、なんとなくそれを肯定しそうなニュアンスが感じられたからだ。尊敬する岡部警部とあの素晴らしい岡部夫人とのあいだに、何か言い知れぬ秘密めいた事情があるなどと、坂口は思いたくもなかった。

しかし、被害者の身内という立場を離れ、刑事根性だけで考えれば、山本民夫が殺され、妻の裕子が失踪した事件には、それなりの背景や理由がなければならない。坂口はいささか冷静を欠いている自分を反省しないわけではなかった。

それでも、いくら控え目に考えても、姉夫婦に殺人事件に巻き込まれなければならないような「落ち度」があるとは思えない。何かの間違いだとしか、考えられないのだ。

夜が更けて、弔問の客も完全に途絶えた頃を見計らって、福島の二人の刑事が坂口の前にやって来た。なんとなく満を持した——という印象であった。

二人は福島県警の友田《ともだ》部長刑事と、石川署の金井《かない》刑事という、どちらも坂口より少し上かという年配だが、早朝に福島を出て、ずっと歩き回っているだけに、疲労の色が濃かった。

「じつは、こういうことはなるべく申し上げたくないのですが」

友田は苦渋の色を浮かべながら、言った。

「被害者の奥さん——つまり坂口さんのお姉さんがいまだに行方不明だというのがですね、ちょっとばっかし気になるのです」

「いや、それは私も覚悟しています。姉はすでに殺されている公算が大だとおっしゃりたいのでしょう？」

「ああ、もちろんそういうことも考えられるでしょう。何しろ、事件発生後、すでに二昼夜を経過しようとしているのですからなあ。まあ、しかしそれはそれとして、同時にですね、もう一つのこともあり得るのではないかと思いましてね」

「もう一つのこと、というと？」

「つまりそのです……気を悪くしないで聞いていただきたいのですが」

「大丈夫ですよ、私も刑事の端くれです。捜査員の考えにいちいち感情的になっても仕方がありません」

「では言いますがね、われわれとしては、お姉さんと犯人との関係について、重大な関心を抱いているということなのです」

「ん？　それはどういう意味ですか？」

「つまりです、お姉さんが犯人と通じていることも、一応、考えなければならないというような……」

「えっ？　というと、姉が共犯者であると言いたいのですか？」

「いや、そう断定的なことは言ってません。しかし、捜査の定石としてですね、そういう点も考慮してかかるべきだということは、坂口さんだって十分、分かっておられるでしょう」

「それは分かります。分かりますが、しかし姉にかぎって、そういうことはあり得ません。その線で捜査を進めるのは、骨折り損というものです」

「それは、あなたはお身内だからそう言われるが、客観的に見れば、その可能性はあるわけでして」

「それは、捜査本部は福島にあるのですからね、私が口を挟む余地などないですが、しかし無駄だと言っているのです。ばかばかしいじゃありませんか」

「ばかばかしいという言い方はないでしょう。われわれだって、伊達《だて》に刑事をやってるわけではありませんよ」

彼らには警視庁の刑事に対する、潜在的な対抗意識がある。田舎刑事だと思ってばかにするな——という気概もあるのだろう。

「とにかく、われわれとしては、あらゆる観点から捜査を進めさせてもらいます」

最後はなんだか捨て科白《ぜりふ》のようなことを言って、二人の刑事は引き揚げて行った。

坂口は情けなかった。あの姉が不倫でもして、夫殺しの片棒を担いだとでもいうのだろうか？　まさにばかばかしいとしか言いようのない下司《げす》の勘繰りだ。しかし、そんなことは絶対にあり得ないと証明するものがあるかと問われれば、坂口は窮しないわけにはいかない。そのことが情けなかった。

姉が冷凍庫から冷蔵庫に海老を下ろし、解凍していたということは、つまり少なくとも、姉にはその時点で、事件についての予測はなかったことを物語っている——と、その点だけは信じていいと思う。

逆に、それが義兄の山本民夫に関してであれば、そういう裏付けとなるような具体的事実は何もない。本当のところ、坂口は義兄の性格や生活行動についてすべて弁《わきま》えているというわけでもないのだ。

だが、とりあえず死んだのは山本である。山本が犯人でない以上、福島の刑事が妻に疑いの目を向けるのは、それこそ捜査の定石と言うべきものにはちがいなかった。

翌日、葬儀は午後一時から行なわれた。坂口はもっと早くと思ったのだが、宮津の山本家からの人間が、その時刻でないと出席できないということで、やむなく遅らせた。

宮津からは民夫の父親・栄作《えいさく》と長兄・栄一《えいいち》が来た。民夫の母親はすでに亡く、兄弟姉妹は兄が二人と、姉と妹がそれぞれ一人ずついるのだが、彼らは出て来られない、ということであった。

「表にいるマスコミの連中、あれはなんとかならんのですか?」

栄一は玄関を入る早々、坂口に文句をつけた。報道関係の人間が数人、けさからボツボツ現れていた。いまのところ取材をすべて断っているが、葬儀に来る人々に対して、無節操に質問を浴びせるであろうことは目に見えている。

「まったく、みっともない話だ。山本の家の恥を晒《さら》しおってからに」

栄作は吐き捨てるように言った。

「しかしお父さん、亡くなったのはかりにもあなたの息子さんでしょうが」

坂口はさすがに腹に据えかねて、言わずもがなのことを言った。

「息子? まあ息子にはちがいないが」

父親はせせら笑うような態度を示した。

(どういう意味だろう?)と坂口は不審に思った。

「どのみち、わしらの言うこともきかんと、東京の女《おな》ごを嫁にしおったのが、そもそもの間違いのもとでしょうに。死んだ者にあれこれ言いとうないけ、こうして出て来よりましたんや。ま、お線香だけ上げたら、帰らせてもらいますわ」

言葉どおり、山本の父と兄は、出棺を見送るなり、さっさと引き揚げてしまった。いかにも、世間の手前、型通りのことだけをすませた——というやりくちだった。

息子の嫁の行方がどうなっているのか気づかうどころか、ついにひとことも訊こうとしなかった。

それにしても報道関係の連中のしつこさには、そういうことを百も承知しているはずの坂口も、ほとほと呆《あき》れ果てた。カメラのレンズは和代のいたいけな姿を追い掛け回し、中には直接、「ママはどうしたの?」などと、無神経な質問を投げるレポーターもいた。坂口は何度、その連中を怒鳴りつけたい衝動を抑えたかしれない。

それでも、山本が骨になって白い壺《つぼ》に納まって帰還する頃には、ようやく騒ぎも静まっていた。人々が去り、家の中には和代と坂口と平塚の叔母と、それに和代を預かる岡部夫人だけが残った。

店屋物《てんやもの》の海苔巻《のりまき》を出したが、ほとんど誰も手をつけないまま、冷え冷えとした時間が流れていった。

「裕子さん、どうしちまったのかねえ……」

叔母が誰に言うともなく呟いた。

「覚悟は決めておいたほうがいいですね」

坂口は自分に言いきかせるつもりで、言った。

「そんなこと……」

岡部夫人は打ち消すように言おうとして、あとの言葉が続かなかった。

もはや誰の目にも、裕子の死は決定的なものに思えた。和代ですら「ママはどこへ行ったの?」という質問をしないほど、諦《あきら》めのムードが漂っていた。

もちろん警察には捜索願が出されている。しかし、裕子の行方が判明した時には、最悪の事態として報告されるであろうことは分かりきったことだ。

「それにしても、宮津の実家は冷たいったらないわねえ」

叔母は憤懣をぶつけるように言った。

「どうもよく分からないのだけど、義兄さんの家には、何か事情でもあるんですか?」

坂口は訊いた。

「あたしもよく知らないのだけれど、民夫さんは、もしかすると山本の家の庶子《しょし》なんじゃないかしら」

「ショシっていうと？」

「つまりお妾《めかけ》さんの子よ。戸籍上はどうなっているのか知らないけど、感じがね、どうもそうじゃないかって思うんだけど」

「はあ……」

それならあの連中の冷たさも分かるような気がした。

岡部夫人は叔母と坂口の内輪の話から遠ざかって、隣の部屋で和代の相手をしている。まったく気配りの行き届いた女性だ——と、坂口はますます岡部夫人を尊敬してしまう。

叔母が帰り、午後九時を過ぎてから岡部警部が妻と和代を迎えに来た。

「まだだそうだね」

坂口の顔を見るなり言った。

「ええ、まだです」

「そうか……とにかく待つしかないな」

岡部の言うとおりであった。裕子の所在が摑《つか》めないかぎり、手の打ちようがない。生死のことはともかく、消息の手掛かりでもいいから、何か報告がほしかった。

「きみはここに泊まるのか？」

「ええ、ともかく、姉から何か連絡が入るかもしれませんから」

「そうだね。それじゃ、和代ちゃんは預かってゆくよ」

岡部夫妻は和代を伴って、引き揚げて行った。岡部家にも、小学生の男の子と女の子がいるから、あまり遅くなるわけにはいかないのだ。

とうとう独りぼっちになった家の中で、坂口は義兄の骨壺と向かいあって、ぼんやりと思案に耽《ふけ》った。落ち着いて考えれば考えるほど、わけの分からない事件であった。

親子三人の平凡で平和な家庭が、突然、悪夢のように崩壊した。父親が殺され、母親が行方知れず──こんな理不尽が何の罪もない幼い娘を襲っていいものだろうか？

まったく神も仏もないというのはこういうことを言うにちがいない。

ふいに電話のベルが鳴った。坂口はギクッとして、反射的に受話器に手を伸ばした。姉か──と思ったが、声の主はついさっき帰ったばかりの岡部警部だった。

「いま思いついたのだがね」

と岡部は言った。

「義兄さんは有明町へ何をしに行ったのか、そのことがどうしても気にかかる。きみにもまったく心当たりがないそうだしね。それで、どうだろう、福島の連中とは別に、きみの個人的な目的として、有明町のその和泉式部の墓とかいうのを見て来たらどうだ。ひょっとすると、兄さんが訪れた日の前後に、向こうで何か事件でもあったのかもしれない。いや、旅費はなんとかするよ」

「ありがとうございます、私もそうしたいと思っていました。それでは、明日の朝、早速行かせてもらいます」

「うん、それがいい。こっちで何か変化があったら、それなりに対応しておくから、向こうで一泊してくるといい」

「はい、そうさせていただきます」

電話を切ると、坂口は本棚から地図を引っ張り出した。佐賀県有明町というのがどういう位置なのか、そこからして皆目見当がつかない。

だいたい佐賀県というのが、坂口には馴染《なじ》みがなかった。そういえば、九州の県の名を諳《そら》んじると、多くの者が佐賀県を忘れているという、笑い話のようなことを聞いたことがあった。右掌を広げ、指を下に向けると、親指の付け根のようなところが佐賀県だ——などというのもあった。

そんなことを言ったら佐賀県の人間は気を悪くするかもしれないが、実際のところ、坂口にとって佐賀県は無縁の目立たない存在というしかない。

そして有明町——。

こっちのほうの場所は、割と簡単に分かった。有明海に面しているのだろうと見当をつければ、佐賀県の南側の海岸線はごく短いのだ。

それにしても不便そうな所ではあった。地図を見ていて気がついたのだが、佐賀県には空港がないのである。東京から有明町へ行くには、福岡か長崎まで飛行機で行くか、あるいは博多まで新幹線で行くことになる。坂口には飛行機を利用するという考えは最初からなかった。警察官は公用ならば鉄道を無料で利用出来るが、飛行機は特別の場合以外、有料になる。

博多から先は長崎本線で肥前竜王《ひぜんりゅうおう》というところまで行く。そこが有明町であった。

乗り継ぎがよほどうまくいったとしても、片道七、八時間かそこいらはかかりそうだ。それにしても、義兄がそんなところへ何をしに行ったのか、あらためて疑問を覚えた。

3

朝一番の博多行き新幹線は六時ちょうどに東京を

出発する。早朝だから空いているだろうと高をくくっていたのだが、自由席はほとんど満席状態で、かろうじて坐れるような有り様だった。

若い客、それも新婚らしいカップルがやけに多い。それでようやく気付いたのだが、この日は勤労感謝の日なのであった。

そういえば、姉が山本民夫と結婚したのも、確か晩秋だったから、もしかすると勤労感謝の日の休みを利用したのかもしれない。

その時も、結婚式には山本の実家関係の出席者は少なく、なんだか寂しい、慌ただしい披露宴だったような記憶がある。新婚旅行が故郷への報告を兼ねた宮津行きだったというのも、考えてみると、姉にとってはあまり楽しいものではなかったのではないだろうか。

そのせいか、旅行の土産話はもっぱら天橋立や大江山など、名所巡りのことばかりで、先方の親類たちの話はまるで聞けなかった。姉は愚痴めいたことを言わない主義だったから、たとえ実家で不快な仕打ちを受けたとしても、弟にこぼすようなことはしなかっただろうし、夫に対しても恨みがましいことは言わなかったにちがいない。

山本のほうがどうだったのかはよく分からない。しかし、坂口が知っている山本の気性からすれば、そういう実家の人々の仕打ちに対して、妻以上に腹を立てたであろうことは想像に難くない。ひょっとすると、それ以後は両家の交際はほとんど途絶えていたのかもしれない。義兄の死に対する宮津の連中の態度を見ると、そんな気がしてくる。

博多には十二時半頃、うまい具合に十分ばかりの待ち合わせで長崎本線に接続した。坂口にとって、初めての路線である。鳥栖《とす》、佐賀と名前しか知らない土地を列車は走る。窓外の風景は変化に乏しく、あまり目を楽しませるようなものではなかった。

長崎本線の特急は肥前竜王には停車しないので、二つ手前の肥前山口という駅で降り、そこからバスに乗った。

行く手に広がるのは平坦《へいたん》な田園地帯で、右側、少し離れた辺りに低い山並みが連なっている。バスの運転手に「和泉式部の墓はどこか？」と訊いてみたが、運転手は土地の人間ではないのか、知識はなかった。

「役場でも行って訊いたらええでっしょ」

そう言われて、ともかく役場前で降ろしてもらったのはいいけれど、休日であることをうっかり失念していた。

通りすがりのおばさんに訊くと、すぐ近くに派出所があったので、顔を出した。派出所には警部補以下三名が詰めているそうだが、警部補は外出中とのことであった。

「警視庁から見えたとですか」

派出所の若い巡査は坂口の名刺を見ると、緊張して挙手の礼を送って寄越しながら、「自分は玉城《たまき》といいます」と名乗った。

「そしたら、やはりあの事件のことで？」

「あの事件といいますと？」

「干拓地《かんたくち》先の殺人事件ですが」

「ほう、殺人事件が起きているのですか？」

坂口はがぜん緊張した。はからずも、岡部警部が言っていたことが的中したのだ。

「あ、ご存じなかったとですか。そしたら、それは別のことでありましたか」

「ええ、ちょっと東京のほうで起きた事件に関連して、調べたいことがありましてね。しかし、殺人事件が起きていたというのは、興味を惹かれますねえ、どういう事件なのですか?」

「それでしたら鹿島《かしま》市の本署のほうへおいでんさってください。ここでは詳しいことは分かりましぇん。自分がご案内しますので」

「そうですね、ぜひ……いや、その前に、本来の目的があります。じつは、この町にある和泉式部の墓というのを見に来たのですが、案内していただけませんか」

「和泉式部でありますか?」

坂口の妙な注文に玉城巡査はけげんな顔をした。

「ええ、そうです。和泉式部の墓があるはずですが、知ってますか?」

「はあ、それはたぶん福泉寺《ふくせんじ》の供養塔のことやと思います。自分は見たことはないのですが、話は聞いたことがあります。しかし、それが東京の事件と何か関係でもあるとですか?」

「ええまあ……とにかくそこへ案内してください」

「承知しました」

玉城は中古の、ボディのあちこちに錆《さび》が浮いたような車に坂口を乗せて、田園の中を走りだした。いくつかの灌漑《かんがい》用の小さなダムが並ぶ脇を通って、山に突き当たるようなところから急な坂にかかる。二度三度カーブを曲がりながら、ボロ車は気息えんえんと、エンジンをふかしにふかして、やっと坂道を登り切った。

「ここが福泉寺です」

和泉式部の墓があるというから、よほどの名刹《めいさつ》かと想像していたのだが、うら寂しいような山寺であった。

「確か裏のほうにあると聞いたのですが、一応住職さんに訊いてきます」

玉城は気軽に走って行って、まもなく中年の女性を伴って戻ってきた。

「住職さんは勤めに出ておられるとです。奥さんに話ば聞いてください」

女性はどう見ても農家の主婦といった印象だが、れっきとした住職夫人なのであった。それにしても住職が勤めに出なければならないくらいだから、あまり裕福な寺ではないらしい。

「和泉式部さんのお墓でしたら、こちらになっとります」

夫人は先に立って裏手へ回って行った。本堂と裏山のあいだにわずかばかりの庭がある。その端に、五十センチばかりの五輪を載せた、小さな三重の塔のようなものが建っている。石造りで、角が摩耗《まもう》し苔《こけ》がびっしり生えている。坂口はもとよりこういうものにはまるで素人だが、相当古いものらしいことぐらいは分かる。

こういうものに義兄が興味を持っていたとは、坂口はついぞ聞いたことがない。しかし、とにかく山本民夫ははるばるここに来て、いまの坂口と同じように佇《たたず》み、和泉式部の墓標を眺めていたのだ。山本にとって、このちっぽけな石塔にそれほどの価値があったということなのだろうか?

「これはいつ頃に建てられたものなのですか?」

坂口は住職夫人に訊いた。

「さあ、私らにも詳しいことは分かりませんけど、大学の先生は五、六百年は昔のものだろうとおっしゃいます」

「五、六百年というと、和泉式部が死んでから四、五百年も経《た》ってますね?」

坂口は仕入れたばかりの知識を、早速応用した。

「はあ、そういうことになりますわねえ。きっと後の人が建てたものでしょう」

「こういう、和泉式部のお墓というのが、日本中のあちこちにあるということは、ご存じですか?」

坂口は少し意地悪く訊いてみた。

「はい、知っております。大学の先生の言われるには、十何カ所以上もあるとか。それでも、こちらには和泉式部の色紙が遺《のこ》っておりますので、よそとはいくぶん違うのではないでしょうか」

「ほう、和泉式部の色紙があるのですか」

「はい、寺宝になっております。『ふるさとに帰る衣《ころも》の色くちて錦《にしき》の浦や杵島《きしま》なるらむ』ちゅうお歌です」

住職夫人は自慢げに言っているが、歴史に関心のない坂口にはどうでもいいことであった。

「ところで奥さん、この写真を見てくれませんか」

坂口は義兄の写真を取り出した。

「この顔に見憶えはありませんか?」

夫人は写真を手に取ってしげしげと眺めたが、

「いいえ」と首を横に振った。

「見たことありません」

「今月の五日にここに来ているのですが、見てませんか?」

「ええ……今月の五日いうたら、吉川先生がお見えんさった日とちがうかしら?」

「あ、そうですそうです、吉川先生がこの人物とこの場所で会っているのですがねえ」

「そしたら、庫裡《くり》のほうへは寄らんと帰られたとでしょう」

玉城巡査が脇から写真を覗《のぞ》き込んだ。

「そうしますと、その人が何か、東京の事件と関係ばあるとですか?」

「ええ」

坂口は頷《うなず》いた。

「福島県のほうで殺されたのです」

「まあ……」

住職夫人は驚いて、もう一度写真に見入っていた。

「知らんお顔ですなあ……」

「待ってくださいよ」

玉城がふと思いついたように、言った。

「あの事件があったのは、確かその日ではなかったでしょうか……」

「あの事件というと、ここの殺人事件のことですか？」

坂口は訊いた。

「はいそうです。ええと、確かあれは、死体が発見されたのが七日ですが、殺されたのは五日か六日やったと思います」

「それはどういう事件です？　被害者は？　犯人は分かっているのですか？」

坂口は急《せ》き込んで訊いた。

「殺されたのは福岡のマル暴関係の男で、犯人はまだ挙がっていませんが、たぶんヤクザ同士のゴタゴタではないかと……」

「捜査本部は置かれたのですか？」

「はあ、一応、鹿島署のほうに」

「すみませんが、連れて行ってくれませんか？　あ、その前に、現場を見ておきたいですね。玉城さん、干拓地先と言いましたね、近いのですか？」

「はあ、近いです」

慌ただしく住職夫人に礼を言って、二人は山を下りた。車は国道を突っ切って、南へ向かう。この辺り一帯は干拓によって出来た田畑なのだそうだ。干拓後に入植した人々の集落が二本の道路に沿って整然と並んでいるのも、珍しい風景だ。

「発見者はあそこの集落の人なのです」

玉城巡査は言った。

「あ、それなら、ついでにその人に当時の説明をしてもらったほうがいいですね」

「承知しました」

玉城は車を少しバックさせて、集落への道を曲がった。

死体の発見者は岡元安治《おかもとやすじ》という、七十歳前後の老人だった。「またかい」と面倒くさそうなことを言いながら、それでも、東京から来た刑事だと知ると、いくぶん興味を抱いたのか、それとも警察に案内を頼まれるという状況はかならずしも悪い気がしないのか、そそくさと家から出てきた。

車は真っ直《まっす》ぐの農道を堤防まで行って停《と》まった。それほど高い堤防ではないが、階段を登ってその上に立つと「あっ」と驚くような風景が広がっていた。

とにかく見渡す限り泥の海なのである。まるで重油を敷いたような、にぶい光沢を湛《たた》えた泥の波がはるかかなたまで続き、その先は海の色と混然として溶けている。どこからどこまでが陸地なのか海なのか、見分けがつかない。

「これが有明海の干潟《ひがた》ですか……」

美しい眺めとはお世辞にも言えない、むしろ一種異様な情景だが、そのくせ、何か得体の知れない魅力がある。ちょうど、わけの分からない不気味な事件に遭遇した際に感じるような興奮に、坂口は襲われた。

「あそこの堤防下で見つけたとですよ」

岡元老人は指差して言った。百メートルばかり歩いて、真下に現場を見たが、すでに何の痕跡も残っていなかった。

「はじめは気イつかなんだが、何や知らんボールみたいなもんが落ちとるで、よくよく見たれば人間の頭であったとです」

「ご老人は何しにここに来たのですか？」

坂口は訊いた。

「べつに何ちゅうこともねかったが、ひまだもんでな」

「ときどき来るのですか？」

「いや、いま時分は滅多に来よらんとですな。台風シーズンでもあれば、しょっちゅう見回りに来《こ》んといかんけど」

「そうすると、夜間はこの辺りは誰も来ない場所なのですね」

坂口はもう一度、周囲を見回した。近くには人家はまったくない。殺人を行なうにはもってこいの場所だ。

「東京からわざわざ、あん事件のことで見えたとですかい？」

車に戻る道すがら、老人は訊いた。

「いえ、本当の目的はこの事件のことではないのです」

「福泉寺の和泉式部の墓ば見に来んしゃったとばい」

玉城巡査が注釈を加えた。

「ほう、和泉式部の墓とかね」

老人は呆れたような声を出した。

「あげなもん、わざわざ見に来るほどのもんでもないでっしょうが。珍しゅうもないですけな」

「はあ……」

返事のしようがなくて、坂口は苦笑した。

「あげなもんだば、わしの故郷にもあったとですよ」

「はあ、和泉式部の墓ですか？　ご老人の故郷というのは、どちらですか？」

「信州ですがな。信州の茅野《ちの》の在で、富士見ちゅう村ですばい」

「えっ？　長野県から来たのですか？」

「そうです、村の仲間三十人と一緒に入植したとですよ。はあ三十年も昔の話ですけ、根っからこの土地の人間になってしもうたとですがな、生まれ育ちは信州です」

老人は遠い目になった。一瞬、郷里の風景を思い出したのだろう。どういう事情で大量の入植が行われたのか、坂口には想像もつかないことだが、そういう変転の人生もあったのだ。

「そうですか、長野県からいらしたのですか。そうすると、その富士見村にも和泉式部の墓があるのですか？」

「いや、富士見は何もないところじゃが、諏訪《すわ》にな、諏訪に和泉式部の墓ちゅうのがあって、いちど見物に行ったことがあったとですよ。和泉式部は諏訪におったちゅう話も聞いたような気イがするなあ」

「そうですか。たしかに言われるとおり全国いたる所に、そういう話が多いのです。ただ、ここの墓にはちょっとしたいわくがありましてね」

そのいわくを訊かれないうちにと、坂口は車の中に潜り込んだ。

4

岡元老人を送り届けたあと、車は派出所に寄らず、真っ直ぐ鹿島へ向かった。もっとも鹿島市は、市の中心部まででもそこからものの十分もかからない距離だった。田園地帯からいつのまにか市街地に入ったような気がするほど、高いビルも少なく、なんとなく活気の乏しい街だ。

「有明町も過疎ですが、鹿島も似たようなもんでして」

玉城巡査は寂しそうに言った。玉城は鹿島の出身なのだそうだ。

「鹿島は城下町だし、日本三大稲荷《いなり》のひとつ、祐徳《ゆうとく》稲荷もあるのですが、それでもいまいちパッとせんとです」

パッとしないのは警察署も同様で、殺人事件の捜査本部がある割にはのんびりした空気が漂っている。坂口が「捜査本部は？」と質問したのに対して、玉城が「一応設置しました」と答えたのは、こういう雰囲気を言ったのかもしれない。

時ならぬ警視庁捜査一課刑事の訪問に、捜査主任の警部までが、やや緊張ぎみに対応した。

「何かこっちの事件が東京と関連でもあるのかね？」

「いえ、そういうわけではありませんが」

坂口はかいつまんで、これまでの経緯を説明した。もっとも、当然のことながら捜査主任にはあまりピンとくるものがなかった様子で、「はあ？」と首をひねった。

「それだけのことですかい。べつにあんたの兄さんが和泉式部の墓を見に来た日に、たまたま殺人事件が起きたといっても、関係はないでしょうが」

「もちろんそのとおりだと思いますが、折角ここまで来たのですから、一応、事件の概要だけでも聞いて帰ろうと思いまして」

「つまらん事件ですよ。まあ、おそらく麻薬をめぐるヤクザ同士のトラブルでしょうな。手口がね、そういった感じだし、殺された男も前からマークしておった札つきなのです。九州は残念ながらそのテの事件が多くてねえ。韓国ルートなんかで、海から麻薬が入ってくるもんだから、われわれも防ぎようがない。それにこういう事件は単純だが、犯人を挙げるのはなかなか難しいのです」

主任警部はひとくさり、麻薬事犯について話した。九州の海岸はいたるところが、国外から麻薬を持ち込むルートといっていい。時折、巡視艇に追われた密輸船が落としたと思われる麻薬が、大量に海に漂っていたりするのだが、そんなものは氷山の一角にすぎず、実際に持ち込まれる数量は想像を絶するものと考えられている。

「われわれ警察もそうだが、麻薬Gメンなんかも、年がら年中、網を張って警戒している。しかしテキもさるものでねえ、受け渡しの現場がなかなか押さえられんのですよ。どこかで接触していることは間違いないのだが、そのポイントがねえ」

「港とか、街中とか、ホテルとか、そういうところではないのですか？」

「以前はですね、以前はそれがふつうだったが、近頃は変わった。いや、そういうところなら苦労はないのですよ。マル暴関係や売人の面は割れているし、連中の動きはあらかたわれわれもマークしていますからな、その辺をウロチョロしていれば、当然、不審尋問《じんもん》もするし、何か怪しげな荷物を持っていれば、中身を調べる。ポケットに入る程度のヤクならともかく、近頃の取引きは、ボストンバッグ一個分とか、とにかくめちゃくちゃに大量ですからな。ところが街中を歩いている時には、連中は手ぶらか、何か持っていても、ヤクの臭《にお》いもしない。かといって、やつらがヤク《ヽ》を止めたわけじゃないのだから、どこかで大量の取引きをやっとるのは分かりきっているのだけどねえ。恐《おそ》らく、面の割れていない運び屋が動いとるのでしょう」

坂口は警部のレクチャーを、神妙に拝聴した。警視庁捜査一課の猛者《もさ》も、麻薬関係の事犯には比較的疎《うと》い。麻薬のメッカ（？）九州地区の捜査員には、その点では一歩も二歩も譲らなければならないらしい。

「ところで、犯人の目処《めど》はついているのですか？」

「いや、だから、だから難しいと言っとるのですよ」

警部はいやな顔をした。

「何しろ、動機や背景を持った連中は九州だけでもゴマンといるでしょうからな」

それから、警部は突然思いついて、反撃するような口調で、訊いた。

「そうそう、あんたの義兄さんはまさか麻薬に手を出していたんじゃないでしょうな？」

「冗談じゃありませんよ」

坂口はなかば本気で怒った。

「義兄は真面目なサラリーマンです」

「さあどうかな、近頃は真面目そうな者がとんでもないことを仕出かすからねえ。第一、あんた自身、義兄さんがこっちの事件に何か関係があるんじゃないかと、そう思ったんと違うのかね？」

「そういう風には思っておりませんよ」

警部の毒のある言い方に、坂口は憤然とした。

「いや、気を悪くされたら困るのだがね、そう思う理由は何かと言うと、あんたの義兄さんが殺されたのは、ひょっとすると、その事件がらみでマル暴関係の連中に消されたのではないかと思うからだよ。連中は仲間を殺《や》られたとなると、相手を消すまでしつように追い掛けるからね」

「じゃあ、警部はあれですか、そのヤクザを殺したのは、私の義兄だとでも言われるのですか？」

「いや、そうとは断定しとらんがね、あくまで可能性の話としてだね……」

「警部がどう思われようと、私の義兄はそういう犯罪に関係するような人物ではありません」

坂口は席を立った。

「失礼します」

玉城巡査を促して、鹿島署の玄関を出ようとしたところに、刑事が追い掛けてきた。

「お宅さんに電話ですよ」

東京からだという。坂口は不吉な予感がして、玉城を置き去りにして建物の中に走り込んだ。

受話器を握ると、こっちが何も言わないうちに、気配を察したらしい岡部警部の声が出てきた。

「坂口君か？」

「はい、警部」

「たったいま、栃木県警から連絡が入ったのだが、矢板《やいた》付近できみの姉さんらしい女性の死体が発見された」

「えっ……」

言ったきり、坂口は絶句した。予期していたとはいっても、現実のこととなると、さすがにショックは大きい。ほんの一瞬の間に、さまざまな感情が頭の中を流れ、最後に和代の面影が脳のスクリーンに大写しになった。

「もしもし、聞いているか？」

「はい聞いています。やはりだめでしたか」

「うん、残念だがね。所持品などからそう判断せざるを得ないようだ。解剖所見によれば、死因は窒息死だそうだ」

「窒息……ですか？」

「うん、縄状のもので首を絞めた形跡があるということだ。しかし、現場付近には凶器などの遺留品はない。また、争った様子もないところから見て、第一現場は別の場所だろうと思われる」

「そうですか……それで、いつだったのですか？　その、姉の死亡推定時刻は？」

「同じ日だ。十一月十九日の夜半——お兄さんよりは少し早い時刻だろうと、やや日にちが経っているので、はっきりした時間までは割り出せないそうだが、そういう推定をしているよ」

「分かりました。それで和代は……あの、警部、和代はどうしていますか？」

「いや、まだだ、和代ちゃんにはまだ伝えてはいない。万一別人である可能性も残っているからね。どっちみち、きみが帰ってからと思ってはいるのだが」

「はあ、そのほうがいいと思います。あの子には私の口から伝えます」

「うん、それがいいね。ところで、今日はそっちに泊まるか？」

「いえ、そのつもりでしたが、これから帰ります」

「そうか、だったら飛行機を利用しろ。福岡空港の最終便にはゆっくり間に合うだろう。旅費のことは心配するな」

「はい、ありがとうございます」

受話器を置くと、憎たらしいことを言っていた捜査主任が、坂口の顔を覗き込むようにして言った。

「姉さんが亡くなったのかね？」

「はあ、やはり義兄と同様に、殺されたようです」

「ふーん……それは……いや、なんと言っていいものか、とにかく気を落とさないで頑張ってください」

最後には深々と頭を下げた。あんなゴツイことを言ったけれど、根は優しい人間らしい。坂口も素直に「ありがとうございます」と礼を返した。

帰路は鹿島駅から長崎本線に乗った。ほんの何時間かの付き合いだったが、駅前まで送ってくれた玉城巡査が、挙手の礼をして去って行くのを見ながら、坂口はふいに旅愁のようなものを感じた。おそらくもう二度とこの地を訪れることもないにちがいないし、玉城にも、あの警部にも会う機会はないだろう。そう思うと、列車の窓から眺める何の変哲もない風景にさえ、去りがたい想いが湧いてくる。

人間はいつでも会えると思う人に対してはなかなか優しくなれないものだ。一期一会《いちごいちえ》と思えば、ゆきずりの人にさえ懐かしさを覚えるというのに――。

これから帰る東京に、もう姉はいないのだ――と坂口はしみじみと思った。

両親の血を受け継いだ同胞《はらから》は、自分と和代のほかには誰もいない。歴史の中に連綿として繋がってゆく「いのち」というものの不思議を思うと、そのいのちを奪った者たちへの怒りが、また新しく込み上げてきた。

それにしても、山本にしろ姉にしろ、なぜ殺されなければならなかったのだろう？

それに、なぜ二人別々の場所で殺されていたのだろう？

（そうだ、なぜ違う場所に死体があったのだろう？――）

坂口はふいに感傷から醒《さ》めて、刑事根性が動きだした。

栃木県の矢板といえば、確かに福島県へ通じる道の途中にある。それにしても、わざわざ二人の遺体をとんでもなく離れた場所に遺棄しなければならない理由というのが何なのか、思いつくものはなかった。

この殺人は衝動的な動機によって起きたものではない——と断定していいだろう。とにかく、どういう理由にもせよ、犯人側には山本民夫とその妻・裕子を殺す必然性があったということだ。

そうして、犯人は二人を誘い出した。幼い和代に独りで留守番をさせることまでして、山本夫妻は家を出て犯人に会いに行った。その状況から見て、犯人は当然、山本夫妻の少なくともいずれかの知り合いであったことは確かなことだ。

その人物像を特定する手掛かりは、夫妻が話していたという「イズミ」という言葉と、裕子が山本に洩《も》らした「うちに来てくれればいいのに」という、やや不満めいた言葉の二つだけである。もっとも、その両方とも、幼い和代の「証言」によるものだけに、やや信憑性《しんぴょうせい》に欠けることは否みようがない。

（あとは和泉式部だ——）

坂口は漠然と思った。

和泉式部の史蹟がこの事件に関係があるのかないのか——。

山本が佐賀県有明町などというとんでもない遠方まで来て、和泉式部の墓だけを見て帰ったとは思えない。何かほかの目的があったにちがいない。それは何なのだろう？　それに、山本が死んでいた場所というのが、福島県石川町の「和泉式部」の史蹟の近くだったというのは単なる偶然だったのか？　しかもすぐ近くの宿に、有明町の「和泉式部」の墓の前で会った吉川弘一が泊まっていたというのも、ただの偶然なのだろうか？

いろいろ考えだすと、疑問がとめどもなく湧いてくる。列車が置き去りにしつつある風景のどこかに、それらの謎《なぞ》を解く、重要な鍵が落ちているような、一種、後ろ髪を引かれるような思いが坂口を捉《とら》えていた。

5

栃木県矢板市は県のほぼ中央やや北寄りに位置する。人口三万五千あまりの小都市――というより、田園都市――である。そう広くもない市の真中を、東北本線、新幹線、東北自動車道が走り、矢板インターチェンジがある。

犯人は福島県石川町へ行く途中か帰る途中かに、ここでいったん高速道路を降りて、裕子の死体を遺棄していったものと考えられる。

山本裕子の遺体が発見されたのは、矢板市の北西、県民の森に近い山林の中であった。山林といっても、石川町の場合と同様、道路からあまり入ったところではなく、犯人が無造作に遺棄していったと考えてよさそうな状況だ。ただ、その辺りは特にこの時季には、滅多に人の行かない場所だったために、山本よりも発見が遅れた。むしろ、発見されたのが幸運だったくらい、人の訪れの少ない場所なのであった。

事件後、いちど雨が降って、遺体の衣服はぐっしょりと濡《ぬ》れていた。遺体の傍には被害者のバッグが放置してあったので、身元は簡単に割り出すことができた。しかし、雨で流されたこともあって、犯人に繋がるような遺留物や足跡などは何も発見されていない。

佐賀県から戻ったその夜のうちに、坂口は遺体が安置されている宇都宮へ飛び、遺体が裕子のものであることを確認した。

その際、和代も連れて行くべきかどうかと迷ったが、事件後、すでに日数も経過しており、おそらくかなり腐乱が進んでいるであろうことを考慮して、思い止《とど》まった。和代に無残な変貌《へんぼう》をとげた母親の顔を見せるのは忍びないことであった。

矢板警察署にはすでに捜査本部が置かれていると いうことで、病院には捜査員が数人、待機していた。坂口は彼らから遺体発見の状況を聞くとともに、事情聴取に応じた。坂口のほうがむしろ積極的に、山本民夫の事件のことも含めて、これまでの経過について説明した。

「なるほど、そういうことだとすると、場合によっては、福島県警と合同の捜査をすることになりますね」

捜査主任を務める栃木県警の警部がそう言っていた。

「ひょっとすると、捜査の主体は福島県警のほうに属することになるかもしれないな」

とも言った。

それより、むしろ警視庁の扱いにしてくれれば――と坂口は思ったが、それはさすがに口にするわけにはいかない。なにぶんよろしく――と頼むのが、被害者の「遺族」としては精一杯できることなのであった。

遺体は翌朝、現地で荼毘《だび》に付して、坂口が一人で骨壷を抱いて帰京した。

和代は岡部夫人と一緒に山本家に戻って、坂口の帰りを待ち侘《わ》びていた。ドアが開いた瞬間、坂口の腕に抱かれた白い布包みを見つめて、すぐにすべてを察してしまった様子だった。

「ママも……」

言ったきり言葉が途切れた。

たちまち顔が歪《ゆが》んだかと思うと、大声を上げて泣き出した。父親の死の際には声を忍ばせて泣いていた和代が、堪《こら》えに堪えていた悲しみを全身から振り絞るような激しさで、泣いた。坂口も岡部夫人も、また泣かされた。慰める言葉など、出るはずもなかった。

平塚の叔母や近所の人々が通夜に集まってくれた。山本の会社の同僚、友人知人関係など、山本の時と同じ顔触れの人々に電話で連絡すると、明日の葬儀には必ず参列すると言ってくれた。

それなのに、宮津の山本の父親だけは、今回は行けないと冷たい返事だった。

「どなたかお一人でもいいですから」

坂口は下手《したで》に出て粘ったが、まるで通じる相手ではなかった。

「あなたのお孫さんが、たった独りぼっちになってしまったのですよ。慰めの言葉をかけてやってもいいと思いますがねえ」

腹に据えかねて、最後にはいくぶん喧嘩腰になった。

「そりゃあんた、こっちに来れば言葉ぐらいはかけてやりますがな」

山本の老父はせせら笑うような言い方をした。

（どういう親だ？……）

坂口はまた腹が立った。いずれ、このままではすまさない——という気持ちだった。

通夜の席にも葬儀にも、前回同様、刑事とマスコミが押し掛け、参会者の話を聞いて回っていた。刑事のほうはやむを得ないけれど、マスコミにはほとほと手を焼いた。

彼らにしてみれば、夫妻が幼い娘を残して殺されたという事件は、おあつらえ向きの悲劇なのであった。しかも夫と妻がまったくべつの場所で発見されたというのも、きわめて猟奇的だ。見ようによっては不倫の臭いさえするではないか。かてて加えて、被害者の弟が警視庁捜査一課の刑事ときては、いよいよ興味津々といったところだ。

「坂口さんももちろん捜査に参加するんでしょうね？」

「仇討《あだう》ちにかける抱負を聞かせてくれませんか」

などと、愚にもつかない質問を次から次へと浴びせかける。

そういう騒ぎが静まり、葬儀も終えると、若い坂口もさすがに疲れた。考えてみると、姉夫婦の失踪以来、休む間のない日々の連続であった。警視庁のほうにも丸々五日間、顔を出していない。

「五反田の事件、どうなりましたか？」

葬儀のあとの寛《くつろ》いだ時間に、坂口は岡部警部に訊《たず》ねた。

「だいたい目鼻がついたよ。明日にも令状を取れそうだ」

「そうですか、それはよかったですね。しかし、肝心な時にこんな有り様で、申し訳ありませんでした」

「気にするな。そんなことより、有明町の報告を聞かせてくれないか」

「はあ……」

と言ったものの、有明町では大した収穫はないのであった。ただ、義兄が行った日とあい前後して、干拓地先で暴力団員が殺された事件があったというのが、まだしも土産話にはなった。

岡部もその部分に興味を惹かれて、その話を細かく聞きたがった。額《ひたい》の広い、白皙《はくせき》の顔を坂口のほうに突き出すようにして、熱心に耳を傾ける。曖昧《あいまい》な話をすると、何度でもクリアになるまで質問を発した。

概《おおむ》ね鹿島署の捜査本部で、あの憎らしい警部に聞かされた話の受け売りのようなことになったが、警部が山本民夫に麻薬の運び屋の疑いを抱いたくだりについては話さなかった。

聞き終わった岡部は、きわめて満足げであった。

「しかし、死体の発見者の老人が、故郷の信州にも和泉式部の墓があると言ったというのは、まさに奇遇だったねえ」

「はあ、まったく和泉式部づくしで、なんだか気味が悪いくらいです」

「それに、第一、きみの兄さん夫婦が新婚旅行に行った宮津の、天橋立や大江山だって、和泉式部ゆかりの土地じゃないか。いや、和泉式部本人ではないが、娘の小式部内侍が歌に詠《よ》んでいるからね」

「なるほど、そういえばそうですねえ」

「もしかすると、宮津にも和泉式部の墓か何かがあるのじゃないかな？　試しに調べてみたらどうだ？」

「はあ……やってみます」

坂口の脳裏には、すぐに吉川弘一の顔が浮かんだ。あの先生に訊けば、大抵のことは分かりそうだ。

石川町の旅館で貰った名刺によると、吉川の住所は東京都北区になっている。電話でアポイントメントを取ると、明日の午後なら——ということであった。

京浜東北線の王子《おうじ》駅からバスで三駅ばかり行った、山の手の、閑静な住宅街であった。いまどき珍しい、屋根つきの立派な門のある邸《やしき》で、いかにも古典文学の学者の住居らしいたたずまいだ。

「やあ、その節は」

吉川は自ら玄関に出て、若い刑事の訪問を笑顔で迎えてくれた。

「午前中は原稿書きに追われていましてね、勝手を言わせてもらいました」

「お忙しいところを、申し訳ありません」

「なに、どうせ午後は疲れ休めの時間にしているのですから、遠慮なさらんでもよろしい。ただし、かみさんが絵を描きに行っているもんで、お茶は出ませんよ」

「は、どうぞ何もお構いなく」

「ところで、いかがですかな、お兄さんを殺した犯人は捕まりましたか?」

「いいえ、まだそれどころではありません。じつは……」

坂口は姉の事件のことを話した。吉川は眉をひそめ、「それは……」と言って、痛ましそうに客の顔を見つめた。

「先生がおっしゃっていた有明町へ行ってきました」

坂口はわざと快活な口調になって、話題を変えた。

「ほう、そうですか、行かれましたか。ずいぶん遠かったでしょう」

「はあ、遠かったです。しかし日帰りで戻ってきました」

「日帰りじゃ、大変だ。それで、収穫はありましたか?」

「和泉式部の墓というのを見てきました。なんだか小さいもので、これがあの和泉式部の墓か——と、ちょっと信じられないような気がしました」

「ははは、伝説ですよ。まあ、ロマンと言ったほうがいいかもしれない」

「それで、今回伺ったのは、先生にお訊きしたいことがあるのです」

「はあ、何ですかな?」

「じつは、私の義兄は京都府の宮津市の出身なのですが、宮津といえば天橋立や大江山のあるところですから、もしかするとあそこにも和泉式部の墓があるのではないかと思ったのです。いかがでしょうか？」

「ははは、そりゃあなた、あるどころの話じゃない、丹後地方は和泉式部の史蹟のもっとも多いところと言ってもいいくらいなものですよ」

「えっ？　ほんとですか？」

「本当です。和泉式部の夫・藤原保昌《やすまさ》の任地が丹後でしたからね、丹後には和泉式部の足跡《そくせき》がいくつも残っているのですよ。そうそう、和泉式部の娘・小《こ》式部内侍《しきぶのないし》が『大江山』の歌を詠んだ故事でもお分かりでしょうが」

「はあ……」

坂口は頭を掻《か》いた。

「おやおや、ご存じないかな。小式部内侍は幼少の頃から和歌をよくした女性でしてね、あまり見事なので、宮中の歌人仲間のあいだでは母親に代作を頼んでいるのではないかという噂《うわさ》が立った。藤原定頼《さだより》という男が小式部内侍の前を通りかかった時、『丹後につかわしける人はまいりたるにや』と皮肉を言ったのだが、それを聞くなり、小式部内侍は定頼の袖を摑み『大江山いくのの道の遠ければまだふみもみず天橋立』と詠んだという話ですがね」

「ああ、あの歌はそういう意味だったのですか。勉強になりました」

坂口が真顔で頭を下げたので、吉川はおかしそうに笑った。

「まあそういうわけですからね、丹後には和泉式部の墓と称する石塔があって当然なのです。そうだ、この本をお読みになるといい」

吉川は立っていって、小型の本を持ってきた。山《やま》中裕《なかひろし》という人の書いた『和泉式部』という書物である。吉川はパラパラと頁《ページ》を繰って、「ここに書いてあります」と指差した。

そこには和泉式部と藤原保昌が丹後に実在したことに関係する記述があった。


——このように墓は多いが、中でも丹後はとくに多い。『日次紀事《ひなみきじ》』には「式部ハ藤原保昌之後妻ニシテ丹後ハ保昌之領国也、故ニ丹後宮津ニモ亦《マタ》有塔」とあり、丹後の宮津、すなわち現在も天橋立の文殊堂の内に式部の「歌塚」と称する宝篋印塔《ほうきょういんとう》がある。


「そうですか、天橋立にあるのですか……」

坂口はある種の感慨を籠《こ》めて言った。

「なるほど、あなたのお兄さんは宮津の出身だとすると、いよいよもって和泉式部とは縁がありそうですなあ……」

吉川もあらためてそのことを感じたのか、坂口と同じように、深刻な顔つきになっている。

福島県石川町の現場に和泉式部の史蹟があったのは、ただの偶然としか思えなかったけれど、こうも和泉式部が続出するとなると、何か因縁じみたものを考えないわけにはいかない。いや、それどころか、事件そのものの背景に、ひょっとすると和泉式部が関係しているのではないか——などという、いささか怪談ばなしめいた想像も湧いてくるのだ。

「丹後の宮津、ですか……」

坂口はもう一度、本の頁に視線を落として呟いた。

絵葉書や写真でしか見たことのない天橋立の風景が頭に浮かんだ。そこにある和泉式部の墓が自分を呼んでいるような気がしてきた。

第三章　天橋立股《また》のぞき

1

坂口にとって六日ぶりの登庁であった。

「どうもご迷惑かけました」

坂口は岡部警部や神谷部長刑事をはじめ、部屋中の連中に、片っ端から頭を下げて回った。

例年どおり、年末特別警戒体制の準備のため、警察はどこもかしこも大忙しのシーズンであった。坂口にしても、本来なら警視庁捜査一課岡部班の一員として、シャカリキになって働かなければならない時期なのだ。

「なんだ、もう出てきたのか」

岡部警部はしかし、かえって不満げであった。

「はあ、いつまでも私用にかまけていては申し訳ありません。警部には和代のことでもご迷惑をおかけしていますし」

「つまらんことを気にするな。いまのところでかいヤマを担当しているわけでもないし、こっちのことは心配しなくていいんだよ」

岡部は坂口を励ますように言って、少し声をひそめて付け加えた。

「じつはね、それとなく情報を取っているのだが、どうも福島のほうも栃木のほうも、捜査の進展具合が、あまり芳《かんば》しくないらしい。ブン屋さんのあいだでは、下手すると、これはお宮入りか、などという噂もチラホラ出ているそうだ」

「そんな……まだ、事件発生から一週間かそこらじゃないですか」

「それはそうだが、しかし、捜査の成否は最初の一週間の感触で、ある程度占えるものだからね」

岡部に言われるまでもなく、坂口だってそのくらいのことは知っている。それにしても、報道関係者がこの時点ですでに「迷宮入り」を噂するという、そういう状況のほうが問題だと坂口は思った。つまりそれは、警察の動きの鈍さを端的に物語っているということだ。

「公式的にはもちろんわれわれのタッチすべき事件ではないが、しかし、きみにとっては身内が巻き込まれた犯罪として、心情的に放ってはおけないだろう。しばらくのあいだ、個人的に捜査してみたらどうだ」

「それは私としても、できるならそうしたいと思っていますが……じゃあ、本当によろしいのですか」

「うん、僕のほうもバックアップをするつもりだ。いや、事件解決を願う気持ちももちろんだが、それとは別に、ちょっと奇妙な事件だからね。こういう言い方は不謹慎かもしれないが、個人的な興味もある」

岡部は照れたような苦笑いを浮かべたが、すぐに真顔に戻った。

「福島だ栃木だといったって、本質的には警察は一体なのだから、きみの捜査によって事件が解決したとしても、いっこうに構わないわけだ。いや、むしろ、本来はきみがもっとも事情に通じているのだから、捜査の先頭に立っても当然なのだよ」

そう言いきってから、またニヤリと笑って言った。

「ただしこれはここだけの話だけどね」

「はい、ありがとうございます」

坂口は岡部の好意に涙が出そうになった。

「ところで、例の先生はなんて言ってた？　宮津に和泉式部の墓はあったのかい？」

「ええ、あったどころではないのです」

坂口は勢い込んで、吉川から聞いたことを話した。

「そうか、宮津は和泉式部の因縁の土地なのか……いよいよもって、話が複雑になってきたね」

岡部の温和な眼が、怜悧《れいり》そうに輝いた。

「そういうことなら、ともかく宮津へ行ってこいよ。和泉式部に関するものは徹底的に当たってみるんだな」

「しかし、それで何かが分かるものでしょうか？」

「そんなこと、僕に訊《き》いたってしようがないよ。何かが分かるかどうか、とにかくやってみるしかない……とはいうものの、何かが出てきそうな予感はあるがね」

「予感、ですか……」

坂口は岡部の「予感」を久し振りに聞いて、嬉《うれ》しくなった。

――科学捜査の時代になって、たとえ捜査の九十九パーセントまでが、データと組織力と捜査員の努力の賜物《たまもの》だとしてもだよ、残りの一パーセントは必ず、捜査員個々の勘がものを言うね。

これが岡部警部の持論である。

事実、そう言うだけあって、捜査が行き詰まった時にしばしば見せる、岡部の直感力は並はずれたものであった。何人《なんぴと》も想到しなかったような思考の飛躍がある。坂口など、ひそかに、岡部和雄《かずお》警部こそが警視庁きっての名探偵だと信奉しているのだ。

その岡部が「予感」があると言うのなら、宮津行きは無駄にはならない——と坂口にも確信めいたものが湧《わ》いてきた。

岡部警部はどういう名目にしたのか、宮津行きを公務扱いにし、ギリギリではあるけれど、往復の旅費を捻出《ねんしゅつ》してくれた。

ところで、宮津に幼い和代を連れて行っていいものかどうか、いざとなると坂口は考えないわけにはいかなかった。

山本の父親に対しては、坂口は意地でも、悲運の孫娘を見せて、慰めの言葉のひとつでもかけてもらわないと気がすまないという気持ちがある。しかし、はたして、あの老人がそういう優しさを持ち合わせているものか、自信はなかった。


「和代は宮津のお祖父《じい》さんは好きかい?」

訊いても分かるまいと思いながら、和代に訊いた。

「うん、好きよ」

案に相違して、和代はあっさり答えた。妙なもので、そんなふうに答えられると、それはそれで坂口には不満だ。

「ふーん、どうして?」

「どうしてって……だって、おじいちゃんなんだもの」

「そうか……」

それが血というものなのだろうか。考えてみると、和代の体内には、坂口家の血と同じ量だけ山本家の血が入っているのだ。つまり他人ではないということだ。

(それにしては、山本の家の仕打ちは冷たすぎる——)

坂口はまたしても宮津の連中への怒りが込み上げてきた。

しかし、結局、坂口は和代を連れて行くほかはないと決心した。ほかならぬ和代の意志がそういうことであるなら、自分がとやかく言うべきものでもない。

十二月に入ってすぐの月曜日に、坂口は和代を伴って宮津へ向かった。あえてウィークデーを選んだのは、列車の混雑を避けたこともあるけれど、それよりも、車内に親子連れがいたりしては、和代がかわいそうだと気づかったからである。

和代は新幹線に乗るのは二度目だとかで、窓の外を眺めたり、持参した菓子を食べたりして、それなりに楽しそうにも見えた。

それでも、ふっと両親のことが頭をよぎるのか、長いこと押し黙っていることがある。坂口が呼ぶと、物憂《ものう》げに振り向いて、こっちを見上げた目に、寂しい色が浮かんでいるように思えた。

坂口と和代の取り合わせは、第三者の目には親子連れと映るらしい。女親がいないことに同情したのか、通路をはさんだ隣のシートに陣取った四人連れのおばさんのグループが、時折、和代に話しかけたり、菓子をくれたりする。坂口にはかえって煩《わずら》わしかったが、さりとて断るわけにもいかない。

おばさんたちはよく喋《しゃべ》った。三人寄れば姦《かしま》しいというが、四人ともなると収拾がつかないくらい、話題豊富だ。

しかしそのおばさん連中のうちの二人は名古屋で降りた。何かの都合で別行動を取って、また奈良で落ち合う計画らしい。「じゃあ、明日の十二時、大仏さまの前でね」と約束を交わして別れている。

二人だけになると、たちまち威勢が悪くなって、喋る声もボソボソと小さく、聞き取りにくい。お陰で車内がいっぺんに静かになった。坂口は京都の接近を告げるアナウンスを聞くまで、束《つか》の間、眠った。

宮津へは、新幹線を京都で乗り換えて、山陰本線、舞鶴《まいづる》線、宮津線と三つの路線を乗り継いでゆくのだが、日に何本か、京都から直通の天橋立行きというのが出ている。

京都の市街地を出ると、列車は「保津川《ほづがわ》下り」で有名な保津川渓谷沿いに北上する。地形上、やむを得ないことなのだろうが、線路は単線で、列車はディーゼル。「本線」と名がついている路線の中では、山陰本線がもっとも劣悪なほうかもしれない。

それにしても渓谷の眺めは素晴らしかった。紅葉のシーズンはとっくに過ぎてしまったが、それでも、奇岩怪石の連なる谷間の底に、清流が、ときにはゆったりと、ときには岩を嚙《か》んで落ちているさまは、見飽きることはない。

和代もしばらくは「きれいね」とはしゃいでいたが、亀岡にかかる辺りで、疲れに負けて寝入った。

保津川渓谷はすでに通り過ぎて、窓外の風景は単調なものになっていた。といっても、佐賀県を走るよりははるかに景色はいい。

坂口は煙草をくわえ、ライターで火をつけようとして、ふと、有明町の和泉式部の墓に山本が忘れたライターのことを思い出した。

——急いでおられたようだから。

吉川はそう言っていたが、いくら急いでいたにもせよ、高価なライターを忘れるというのは、あの山本らしくないと思った。

もっとも、義兄《あに》がライターを忘れたことぐらい、大した問題ではないのかもしれない。

だが、それがいま突然、頭に浮かんだのはなぜなのだろうか。そのことのほうが気にかかった。

岡部警部が言う「勘」とか「直感」というのは、こういう状態を意味しているのだろうか？

坂口は煙草に火をつけるのも忘れて、義兄のライターのことを思い続けた。

2

列車は綾部《あやべ》という駅に着いた。発車ベルが鳴って、ドアが閉まる。ガクンという軽いショックがあって動きだした。

坂口は（あれっ？）と思った。

驚いたことに、列車はこれまでとは逆の方向へ走ってゆくのである。

（そうか、舞鶴線に入ったのだな——）

すぐに理解したが、進行方向に向いて坐《すわ》っていたのが、背中のほうへ走り出すというのは、少し気分の悪いものだ。違和感といってもいい落ち着かない状況を、無理やり押し付けられたような気がする。

列車は西舞鶴駅で、ふたたび進む方向を変えた。ここからは宮津線である。ほんの一瞬だが、坂口はまた、ある種の錯乱にも似たショックを感じた。

しかし、そういう違和感にしろショックにしろ、人間の、ことに大人は、常識という武器ですぐに平静を取り戻してしまう。

これが和代だったら、いったいどういうふうに感じるのだろう——と、坂口は自分の腕にもたれて眠っている姪《めい》の顔に見入った。不思議を素直に不思議と感じる年代はいくつぐらいまでなのだろう。好奇心のかたまりのような時代が、自分にもあったことを、坂口は思い浮かべた。

もしかすると、岡部警部はそういうみずみずしい感性を、いまだに持ち合わせているのかもしれない。それはたぶん、他人が真似《まね》しようとしても、真似のできないものなのだろう。

もう初冬といっていい季節なのに、窓の外を通り過ぎる風景には緑が濃い。そのところどころにミカンだろうか、黄金色にさえ見える実をたわわにつけた果樹林があった。京都府の北部地方で柑橘《かんきつ》類が栽培されているなどとは、坂口は思ってもみなかった。

それまで眠りこけていた和代が目を覚まし、ミカンを見て「あ、きれい」と言った。

その時、なぜか坂口はまたしても、和代の体内を流れる「血」のことを思った。和代の血はこの土地に住む人々と繋《つな》がっているのだと、妙に深刻に実感した。

宮津には夕刻近くに到着した。

義兄の実家には、あらかじめ到着時刻を手紙で知らせておいたのだが、宮津駅には誰も迎えが出ていなかった。予想はしていたものの、坂口はまた腹が立った。

少し前まで雨が降っていたのか、宮津駅前の広場は黒く濡《ぬ》れていた。広場の周囲にはビルのような高い建物はなく、なんとなくうらぶれた印象があった。

駅前にはタクシーが数台、客待ちをしていた。タクシーの運転手に山本家の住所を言うと、すぐに分かって走り出した。

もっとも、山本家まではタクシーに乗るのが申し訳ないほど近く、乗ったと思うまもなく、目的の場所に着いた。

山本家は想像していたのより、はるかに立派なたたずまいの屋敷であった。道路に面して、白い塗り壁の塀が三十メートルほども連なり、その中央に冠《かぶ》木門《きもん》がある。木製の門扉《もんぴ》は閉ざされていて、傍《そば》の小さな潜《くぐ》り戸《ど》が、半開きになっていた。

坂口は和代の手を引いて、潜り戸を入った。門の向こうはすぐに玄関で、塀と建物とのあいだは、ほとんどくっつくほどだ。玄関は格子戸である。脇《わき》に旧式の呼び鈴があった。押すと建物のどこか奥のほうでベルの音が聞こえた。

やがて、せわしげな足音がしたかと思うと、戸が引き開けられて、中年の女性がひょっこり顔を覗《のぞ》かせた。姉夫婦の結婚式の際に会っているのかもしれないが、坂口に記憶はなかった。

「東京から参りました、坂口といいます。これは山本民夫さんの娘の和代です」

「はあ……」

女性は一瞬、かすかに痛ましそうな表情になったが、すぐに思い直したように、冷めた口調で、

「ちょっと待っとってください」

言うなり、スッと中へ引っ込んだ。

それから五、六分も待たせてから、ふたたび女性が出てきた。

「どうぞ入ってください」

ぶっきらぼうに言って、背中を向けた。あとについてこいという意思表示なのかもしれない。

建物の中は極端に暗い。坂口は玄関先にある沓脱《くつぬ》ぎの石に、あやうく蹴《け》つまずくところだった。

目が慣れるにつれて、家の中の様子が見えてきた。黒光りのするような太い柱や長押《なげし》、高い天井、漢詩らしい文字を大書した、古色蒼然《そうぜん》とした襖《ふすま》。

どうやら、よほどの旧家らしい。

坂口と和代は玄関から二つ目の部屋に通された。外光の入らない、暗い部屋である。

女性は畳の上に座蒲団《ざぶとん》を出すと、会釈して奥へ消えた。よほど広い家なのか、人の気配というものが、

まるで感じられない。

「なんだか、こわい……」

和代は不安そうに、天井を仰いだり、屛風《びょうぶ》に掠《かす》れた筆跡で書かれた、大きな文字を見つめたりしている。

それからさらに十分ばかり待たせて、山本の父親・栄作が現れた。

「やあ、ようお越しでしたなあ」

栄作は老人にしては艶《つや》のある大きな顔をほころばせて、陽気そうに挨拶《あいさつ》した。東京で会った時の突慳《つっけん》貪《どん》とは、ずいぶん様子が違うので、坂口は意外な気がした。

(ひょっとすると、この老人は思ったほど悪い人間ではないのかもしれない――)

だが、栄作の次のひと言で、坂口は自分の甘さを思い知ることになる。

「今日はお泊まりはどちらかな?」

「いえ、まだ決めていません」

とっさに答えたが、正直なところ、坂口はてっきり実家で泊めてくれるものとばかり思っていた。

「それやったら文珠荘《もんじゅそう》にしなされ。あそこはええホテルでっせ。おい、八重子《やえこ》、文珠荘に電話で予約しとけや」

お茶を入れてきた最前の女性に、勝手に命令している。

「失礼ですが、八重子さんとおっしゃると、確か栄一さんの奥さんですね?」

「ああ、そうです。長男の嫁です」

嫁といっても、すでに四十は越えているにちがいない。八重子はお茶を出したついでのように、あらためて挨拶をして、すぐに引っ込んだ。

「どや、少しは落ち着いたかな?」

栄作老人は初めて和代に声をかけた。しかし、幼い女の子を摑《つか》まえて「落ち着いたか？」というのは、あまり妥当な質問とは思えない。

和代も何と答えるべきか窮して、救いを求めるように坂口の顔を見上げた。

「どうにか落ち着きましたが、しかし、これから先が思いやられます」

坂口は和代の不安を代弁した。

「そうやろなあ、あんた一人で育てんならんというのは、なかなか大変なこっちゃ。ま、早《はよ》う奥さんでも貰《もら》うこっちゃな」

まるで坂口が和代の実の父親ででもあるかのごとき言い方だ。坂口は反論する気にもなれなかった。

和代の今後の身のふり方について、この老人を相手に相談することの虚《むな》しさが見えてしまったように、坂口には思えた。和代だって、こういう冷たい空気の家に置かれるのはいやに決まっている。

八重子が戻ってきて、旅館の手配がついたことを告げた。

「そうか、そしたら八重子、車で文珠荘まで送ってあげいや」

栄作は指図して、立ち上がった。和代と祖父とは、ほんの短い対面であった。

（もうこれで、二人が会う機会はないのかもしれない——）

坂口はふと、そう思った。

「ほな、元気であんじょうお暮らしや」

玄関から送り出す時、老人は孫娘に言った。和代は意味が分からなかったのか、黙ってお辞儀だけを返して、外へ出た。

さっきまで青空が見えていたと思ったのに、表は氷雨《ひさめ》が降っていた。

「丹後では、弁当忘れても傘を忘れるな、言いますのよ」

八重子が車を運転しながら言った。

「はあ、なるほど……」

「今度のことは、ほんとうにお気の毒でしたわねえ」

「はあ……」

坂口は八重子の横顔をまじまじと見た。山本の実家に来て、こんなに人間味のある言葉が聞けるとは思わなかった。とおりいっぺんの挨拶というには、八重子の口調には心が籠《こ》もっているように思えた。

「和代ちゃん、うちとこでお預かりできれば、それがいちばんええことやと思うのですけど……」

かすかに眉《まゆ》をひそめて、言った。

「私もそう思いますが、何か、それができない理由でもあるのでしょうか?」

坂口は訊いた。

「さあ、私も外から入った者ですので、よう詳しいことは知りませんけど、民夫さんとことは、うちのお父さんも主人も、どういうものか、仲良うしてなかったみたいですわねえ」

「それなんです」

坂口は勢い込んで言った。

「私もそのことを不思議に思っているのですが、そういうのは、つまり、民夫さんが私の姉と結婚したせいなのでしょうか?」

「そうではないと思いますけど。結婚する前からずっと、民夫さんは宮津に帰りはらしまへんかったし、宮津を出て行かはったのも、そういうことが原因やったのと違いますやろか」

「じつは、こんなこと言ってもいいのかどうか分かりませんが」

と坂口は言いにくそうに言った。

「民夫さんは庶子ではないかという話を聞いたことがあります」

「はあ……」

八重子は否定はしなかった。

「私もそないなことを聞いております」

「やはりそうでしたか。それで、民夫さんのお母さんというのは、現在はどうしているのでしょうか?」

「さあ、それは知りませんけど」

「まだ健在なのでしょうか?」

「それも知りません」

八重子が嘘《うそ》を言っているのかどうか、坂口に判断はできなかった。

車は海岸線に沿ってゆっくり走った。スピードを出せないくらいに、交通量が多い。


右手に「文珠荘」という看板が見えてきた。立派なホテルに思えたが、車はその前を通過して、少し行った先を右折した。

「別館のほうに予約しましたので」

八重子は説明した。

「こちらのほうが眺めがよろしいのです」

本通りを曲がったすぐ左側に「文殊堂」の看板があった。

「あ、ここですね、和泉式部の史蹟《しせき》があるのは」

坂口はフロントガラスを覗き込むようにして、言った。

「まあ、ようご存じですこと」

八重子は車を道路際に停《と》めて、文殊堂の境内や建物を見せてくれた。すでに陽《ひ》が落ちて、夕闇《ゆうやみ》がせまっていたし、雨も降っているので、車の中から見るだけにした。

「この文殊様は日本三大文殊の一つやそうですのよ」

「はあ……」

感心したように応じたが、坂口にはそれはどうでもいいことであった。

「その、和泉式部の史蹟というのは、どういうものなのですか?」

「私はあまり詳しいことは知りまへんけど、たしか、そこを入ったすぐのところに、何やら燈籠《とうろう》みたいなものが建っているのがそれやないかと思いましたけど」

八重子は和泉式部にはまったく興味がないらしい。

「和泉式部の墓があると聞いてきたのですが、それとは違うのでしょうか?」

「ああ、違うと思います。と言っても、私も人に聞いた話ですけど、和泉式部のお墓は確か山中《やまなか》のほうや思いました。宮津の街から東のほうへ行ったところです。そこへ行かはりますの?」

「ええ、ちょっと見たいのです」

「そしたら、場所を詳しゅう聞いてから、明日の朝、ご案内しましょう。九時頃にお迎えに来ます」

「えっ? それはありがたいですねえ。しかし、ほんとうによろしいのですか?」

「ええ、折角お見えになったのやし、そのくらいのことはさせてもらいます。……でも、お父さんには内緒にしとってください」

きびしい目で言った。やはり山本の父親自体は冷たいようだ。

車はそこからほんの五十メートルばかり走って、左右に笹竹《ささだけ》を配した、数奇屋《すきや》風の建物の前に横付けされた。行灯《あんどん》になっている看板には「文殊荘別館」とあった。

玄関前には番頭らしい男と女性が二人、出て待っている。

「どうも奥様、毎度おおきにありがとうございます」

番頭が車に駆け寄って、八重子に挨拶している。様子から見ると、この土地では山本家はなかなか羽振りがいいらしい。

坂口と和代を降ろすと、八重子は車の中から、「そしたら私はこれで失礼します」とお辞儀をして、去って行った。

仲居の案内でロビーを通り、廊下をいくつか曲がって、奥まった部屋に入った。すでに暖房が効いていて、ほっと一息、気持ちが和んだ。

「すぐそこが海ですよ」

仲居は気をきかせて、廊下側の障子を開けてくれた。寒いのでガラス戸は閉めたままだが、なるほど、小さな庭を挟んで、その先にはまさしく海が広がっていた。

波一つない水面が、鉛色にたそがれる空を映して、たゆとうている。ちょうど満潮時にあたっているのか、水面の高さはほとんど庭と同じ平面上に見える。

「こんなに海が近くて、波が打ち寄せるようなことはないのですか?」

「いいえ、ここの海は波がないのです」

「へえ、それはまたどうして?」

「それは、天橋立がありますから」

「ああ、そうなの? どこが天橋立なんですか?」

「え?……」

仲居はびっくりして、それからおかしそうに言った。

「そしたら、ご存じなかったのですか。この庭の先に天橋立が見えますけど」

ガラス戸に顔を寄せるようにして、右の方向を指差した。つられて、坂口と和代はガラスにくっついて、仲居の指先を見た。

たしかに庭の延長上に松林が見えた。先のほうは暮色の中に沈んでいる。なんのことはない、この宿そのものが、天橋立の付け根のところに建っているのであった。

「実際には、あいだに汐《しお》の通る道がありますけど、ここは天橋立の付け根みたいなものです。それで山本様のお客様は、大抵このお部屋にご案内させていただきます。ここがいちばん景色のいいお部屋ですので」

仲居は誇らしげに言った。

(だとすると、姉夫婦もこの部屋に泊まったのかもしれない――)

坂口はそう思った。

「この子の両親も六年前に、新婚旅行でここに来ているのですよ」

「まあ、そうですか。そしたら、このお部屋にお泊まりやったのかもしれませんねえ」

仲居も同じことを考えたらしい。それからけげんそうに、坂口の顔を見つめた。

「あら、そしたら、お客様はお嬢ちゃんのお父様と違いますの?」

「ええ、僕は叔父です。この子の両親は先日亡くなりましてね」

「まあ……」

仲居はしばらく絶句した。それから慌てたように頭を下げた。

「申し訳ありません、余計なことを言って」

「いや、いいんですよ、事実は事実なんだから。それに、この子は利口だから、めげたりはしません」

「はあ、そうですか……でも、こんなに可愛《かわい》いお嬢ちゃんを……」

仲居は語尾を濁して、「ではお食事のお支度を……」と、目頭を押さえながら、逃げるように部屋を出て行った。

3

翌朝、坂口は起き抜けに文殊堂へ行ってみた。風はないが、コートの襟《えり》を立てても寒気が身にしみる。

和泉式部の史蹟というのは、境内の脇にあった。天辺《てっぺん》に五輪を載せた石造りの立派な宝篋印塔《ほうきょういんとう》であった。佐賀県の有明町で見たものの数倍は大きい。

立札に由来が書いてあった。国指定の重要美術品となっているから、それなりに由緒正しいものなのだろう。しかし墓ではないらしい。「和泉式部の歌塚」という説明があるけれど、歌塚が何を意味するものなのか、坂口にはよく分からなかった。

約束した九時に、フロントから「山本様の奥様がお迎えに見えてます」と言ってきた。坂口は和代を急がせてロビーに行き、勘定を払おうとした。

「いいえ、もう戴いております」

女中はニコニコしながら言った。

「えっ？　どうして？」

「山本様の奥様から頂戴《ちょうだい》いたしました」

「ほんとですか？」

坂口は当惑した。これだけの旅館だ。そう安い料金ではないにちがいない。坂口自身、正直なところ分不相応かな――と、懐具合が心配だったほどである。

八重子は玄関から少し離れた場所に車を停めていた。旅館代を支払ったことで、坂口と押し問答になるのを避けるためにそうしたにちがいない。

「どうも、お気を使っていただいて、ありがとうございました」

車に乗るなり、坂口は礼を言った。

「しかし、それでは困りますので……」

「いいえ、そんなこと気にせんといてください。ほんまやったら、うちに泊まっていただかないけんところですもの。でも、このこと、ほかの人には言わんといてくださいい」

八重子はかえって恐縮したように、頭を下げた。やはりあの老人や八重子の夫には内緒のことらしい。

坂口は感激した。山本家の冷たい仕打ちを、この女性一人の優しさが打ち消してしまったように思えた。

「そうですか、ではご好意をありがたくお受けすることにします」


坂口は後部シートから、バックミラーに映る八重子に向けて、最敬礼をした。事件以来、長いあいだ鬱屈《うっくつ》していた気持ちが、急にはればれしてきた。

「折角お越しにならはったのですから、先に傘松《かさまつ》公園へご案内しよう思いますけれど、構いまへんやろか」

八重子は話題を変えた。

「ええ、それは……しかし、お忙しいのではありませんか？」

「いいえ、かましません。どうせひまなのですから。そしたら傘松公園へ行きましょう。天橋立股のぞきで有名なところです」

「それはありがたいですねえ。ぜひお願いします」

坂口は何もかも八重子に任せる気になっている。

天橋立の、文珠荘のある側とは反対側の付け根の向こうに聳《そび》える小山が傘松公園である。天橋立を通って行けば一直線だが、道路は阿蘇《あそ》の海と呼ばれる内海を大きく迂回《うかい》しなければならない。

傘松公園にはケーブルカーがあって、麓《ふもと》から一気に登れる。山頂に立つと、さすがに風が冷たかったが、眼下に広がる絶景がそれを忘れさせた。

「こうしてご覧になるといいのです」

八重子は自ら模範を示して、クルリと後ろを向くと、ベージュのスラックスを穿《は》いた股のあいだから景色を覗いた。

――股のぞき　女もすなる　秋の海
そういう俳句があるそうだが、年齢の割にプロポーションのいい八重子がそういう恰好《かっこう》をすると、少し艶《なま》めかしい感じがした。

坂口は慌てて八重子を真似た。和代も同じ恰好をして、「わあーきれい！」と大きな声を上げた。そんな声を出す和代を、坂口は事件以来はじめて見た。

話には聞いていたが、股のぞきというのは、確かに不思議な眺めであった。天地がひっくり返るというのは、まさにこういうことなのだろうな――と実感した。もともと美しい天橋立の景観が、まるで別のもののような、摩訶《まか》不思議な魅力を湛《たた》えて見える。

坂口はふと、昨日の列車のスイッチバックを思い出した。あれとこれとは、どこか共通するところがある――と思った。いうなれば逆転の思考だ。

そう思いながら、坂口は何か別のことを考えようとしていた。いつも見慣れたはずの風景を逆様《さかさま》に見るという、その発想の転換に思念が向いていた。

ひっくり返して見る――。

それはとてつもなく魅力的な着想であった。そして、いまがまさにその逆転の思考を必要としている時のようにも思えるのだ。

坂口は飽きることなく、その姿勢を続けていた。

そのうちに網膜に映る逆様の天橋立の映像がゆらめいた。息苦しくなってきた。頭がポーッとなって、坂口はつんのめるようにして地面に四つん這《ば》いになった。

「あらっ、どうなさいました?」

「叔父さん!」

悲鳴のような二人の声に、坂口自身がびっくりした。

「いや、大丈夫です、ちょっとめまいがしたもんだから」

照れ臭そうに言いながら、坂口は起き上がり、手についた泥をはたいた。

「あまり長く逆様になっておいでたからとちがいますやろか?」

八重子は笑いを堪《こら》えながら、言った。

「はあ、そうかもしれません。頭に血がのぼったみたいです」

坂口も笑って誤魔化《ごまか》したが、先刻の不思議な感覚はまだ頭から離れない。あの時に自分は何かを体得しかけたのかもしれない――と思った。

車に戻って、町の中心部へ向かった。宮津の市街地で賑《にぎ》やかなのは、本町通り商店街と天橋立の周辺に集中している。少しはずれると、町並みは途絶え、農村地帯に入ったように、うら寂しい。

京都府宮津市は人口が約三万という小さな町である。産業は漁業が細々とある程度で、あとは天橋立を中心とする観光資源に依存しているのだそうだ。

「一時は四万人以上の人口があったのですけれど、若い人がどんどん出て行かはるものやから……」

八重子は悲しそうに言った。

「そうすると、この子のお父さんも出て行った一人というわけですね」

「ええ、そうかもしれませんけど。でも民夫さんの場合はほかの理由があったのとちがいますやろか」

「ほかの理由とは、どういう理由なのでしょうか？」

「そうですねえ……」

八重子は言い淀《よど》んだ。

「やはり、お父さんやご兄弟との折り合いが悪かったということですか？」

「ええ、まあ……」

「それは、庶子である以上、いろいろな問題があったのでしょうが、何も民夫さんの責任ではないし……」

「はあ、それはそうですけど」

八重子はハンドルに向かって、小さく頭を下げた。

「あ、いや、あなたを責めているわけではありませんので、気にしないでください」


車は牧歌的な山道を登ってゆく。宮津はどこの道路も細いが、この辺りの道はさらに極端に狭くて、たまに対向車がやってくると、どちらかが道路脇に片寄せて、相手の通過を待たなければならない。

何台目かの車と擦れ違った時、和代がふいに叫んだ。

「あっ、パパだ！」

「えっ？」

坂口はうろたえて、振り返る和代の視線の先を目で追ったが、すぐに気がついて、苦笑した。

「なんだ、おどかさないでくれよ」

「おどかしたんじゃないわ、だって、ほんとにパパだったんだもの」

和代はムキになって、唇を尖《とが》らせた。

「分かった、分かった……」

坂口は和代の肩を叩《たた》いた。

「だったら、早く追い掛けないと、いなくなっちゃうじゃない」

「………」

「ねえ、どうして追い掛けないの？」

坂口が黙っているので、和代は焦《じ》れて、金切り声を立てた。

「いいかげんにしなさい」

運転している八重子の気持ちを思って、坂口はいくぶん窘《たしな》めぎみに言った。

「だってほんとなんだもん、ほんとにほんとなんだから……」

和代は叔父の怖い顔に出くわして、ようやく黙った。その代わりに、目から大粒の涙が溢《あふ》れ出た。

「泣くことないじゃないか、見間違いなんだよ。和代のパパはもう亡くなったんだ」

和代は言葉には出さなかったが、いやいやをするように首を振った。叔父の言うことに納得していない顔だ。坂口はその顔に右手を回して抱きしめた。

八重子は後ろで起きた時ならぬ「ドラマ」に涙ぐみながら、坂道にゆっくりと車を走らせている。

傾斜のきつい畑には、女や老人の農夫が出て、京都名産の千枚漬《せんまいづけ》にするらしい、大きな蕪《かぶ》のような大根を掘り出していた。

八重子は時どき車を停めては、農夫に道を訊《たず》ね訊ね、また車を進めた。

「ここみたいです」

地蔵がいく体も並んだお堂の前の空き地に車を停め、三人は車を降りた。

そこから右手の山に向かって、幅一メートルばかりの農道が登ってゆく。泥の道で、むろん車は入れない。

八重子が先頭に立ち、坂口、和代の順に登って行った。左右は畑だが、この季節に植える作物はないのか、黒土が剝《む》き出しになっている。

畑地は道路から三百メートルほど登ったところまでで、その向こうは山林である。その境界線付近に墓がいくつも立ち並んでいるのが見えた。それが目指す「和泉式部の墓」の在《あ》り処《か》かと思ったが、そうではなかった。

そのはるか手前、登り坂の左手に少し入った畑の中に、間口三メートル、奥行き二メートルばかりに仕切った空き地がある。周囲を大谷石《おおやいし》のようなもので囲って、一段高くなっている。そこに高さ五十センチもなさそうな宝篋印塔《ほうきょういんとう》を真中に、左右につごう五個の供養塔が、まるでままごとのように可愛らしく並んでいた。

「これのようですねえ」

八重子が言った。

風化して、角が丸くなった宝篋印塔は、確かに時代の古さを物語ってはいるけれど、かの有名な和泉式部の墓というには、あまりにも惨《みじ》めすぎるような気がした。

「これが和泉式部の墓なのですかねえ」

坂口は未練たらしく言った。

「ええ、これだと思います。元校長先生だった教育委員会の人に聞いてきたのですから、間違いありません」

「ずいぶんちっぽけなんですねえ」

「それだから、むしろ信憑性《しんぴょうせい》があるとかおっしゃってました。和泉式部の晩年は、病気にかかったりして、ずいぶん悲惨なものだったのやそうです」

そういうものかもしれないが、それにしても貧弱で、文殊堂にあった宝篋印塔の立派さからみると、ほとんど河原の石ころ程度にしか見えない。

中央の塔の前に小さなミカンが置いてあるのが、いかにも侘《わび》しげで、ここの風景にはよくマッチしている。

「ライターがある」

和代がポツリと言った。

そう言われるまで気がつかなかったが、なるほど宝篋印塔の横の出っ張りに、赤い百円ライターが載せてあった。

坂口はギクリとした。

(宝篋印塔にライターか――)

有明町の福泉寺にもライターが落ちていたという。なんだか単なる偶然とも思えない気がした。

「こんなものをお供えするなんて、おかしいわねえ」

八重子は和代に向けて言っている。

「そうよねえ、たばこもないのにねえ」

和代はおませな口のきき方をした。

そのとおりだ――と坂口は思った。煙草を供えるならまだしも、安物のライターだけを供えるというのは、奇妙だ。

坂口はポケットからあまりきれいとはいえないハンカチを出して、ライターを包むようにしてつまみ上げた。

「持って行っちゃうの?」

和代が非難するような口調で言った。

「ああ、誰か忘れて行ったのだろうから、警察で預かることにするんだ」

坂口は言い訳めいたことを言った。

4

市街地に戻ると十一時を少し回っていた。まだ早いけれど、食事をしましょうと八重子が提案して、寿司屋《すし》に入った。細かい格子の嵌《は》まった大きな出窓が並ぶ、奇妙な町並みであった。

「この辺り、昔は遊郭みたいなものがあったのやそうです」

八重子が説明した。

「ユーカクって、なあに？」

和代がすかさず訊いた。

「あら、へんなこと言うてしもうたわ」

八重子は年甲斐《としがい》もなく赤くなった。

「昔、お化けが出たところだよ」

坂口は剽軽《ひょうきん》な言い方で誤魔化して、

「そういえば、確かにお化けみたいなものと言えないこともありませんね」

「まあ、ひどいことを」

八重子は笑った。和代はおとなの会話から疎外されているのを感じるのか、つまらなそうに黙ってしまった。

八重子がトイレに立った隙《すき》に、和代は深刻な顔をして言った。

「叔父さん、ユーレイっているの？」

「え？」

坂口は遊郭の話の続きかと思って、問い返した。

「ユーレイよ、ほら、死んだ人が出てくるでしょう」

「ああ、幽霊か……そうだなあ、いないんじゃないかな。迷信だよ、あんなものは」

「でも、さっき和代、ユーレイ、見たわよ」

「なんだ、さっきの擦れ違った車のこと言っているのか。じゃあ、和代はその車に乗っていた人が、パパにそっくりだったって言うのかい？」

「うん、そっくりだった。あれ、パパのユーレイだったのね、きっと」

「そうかもしれないけど、そういうこと、あまりひとに言わないほうがいいよ」

「うん言わない。だからいまだって、おばさんがいない時にお話ししたでしょう」

「そうか、そうだね、和代は利口だな」

坂口は本心、そう思った。親は無くても子は育つ——と言うけれど、実際、和代に関してはそのとおりかもしれない。

「ユーレイでもいいから、もういちど会ってみたいな」

和代は遠くを見る目をしていた。

八重子が戻ってまもなく、注文した寿司が運ばれてきた。さすがにこの辺りは海の幸に恵まれているだけあって、寿司のネタはどれも新鮮なものばかりだった。

もっとも、和代は魚類よりももっぱら卵焼きや、巻き寿司に手を伸ばしていた。

食事がすむと、今度は和代がトイレに行った。八重子がついて行かなくてもいい？　と訊くと、大丈夫と手を振った。

「ほんとに健気《けなげ》なお子ですね」

八重子は感に堪《た》えぬというように、和代の後ろ姿を見送った。

「なあに、まだ甘えん坊ですよ。精一杯気張っているのでしょう。さっきだって、父親の幻影を見たりして……これから先が思いやられます」

坂口はしんみりした口調になった。

「でも、ほんとうによく似た人だったのかもしれませんわ。他人の空似っていうくらいですもの」

「はあ……」

それはそうかもしれない——と坂口も思った。おとなだって、間違って知らない人に声をかけたりすることはあるのだ。

漠然とそのことを考えていて、坂口は急に不安な気持ちに襲われた。

「まさか……」

思わず呟《つぶや》きが洩《も》れた。

「は？　何かお言いでしたか？」

八重子がけげんそうに坂口の顔を覗き込んだ。

「いえ……」

坂口は言いながら、心の内では、たったいま浮かんだ思いつきにとらわれて、ひどく狼狽《ろうばい》していた。

もしかすると、自分はあまりにも単純で、初歩的な間違いを犯しているのではないか――と思った。

「ちょっと電話をしてきます」

店の者に言って、長距離電話をかけさせてもらった。あまり歓迎されなかったが、坂口が他の客に見えないように手帳を示すと、驚いて電話を使わせてくれた。

坂口は一〇〇番に、吉川弘一宅の番号を申し込んだ。

幸い吉川は在宅していた。食事中だったとみえて、口の中に何か入っているような声で対応した。

「いま丹後の宮津に来ています」

「ほう、そうですか。それじゃ、和泉式部の墓を見ましたか？」

「ええ、見ました。例の文殊堂にある歌塚というのではなく、もう一つのほうのが本物らしいというので、そっちへも行きました」

「ああ、それは山中《やまなか》というところにある宝篋印塔でしょう」

「そうですそうです。しかし、ずいぶんちっぽけな墓なのですが」

「そう、私もそれは見ましたがね。確かに貧弱だが、年代では文殊堂にあるものよりはるかに古いはずです。それに、小さいほうがむしろ値打ちなのかもしれません」

吉川は教育委員と同じようなことを言っている。

「じつは、いま頃になって、先生にこんなことを言うと、お気を悪くされるかもしれませんが」

坂口は言いにくそうに、切り出した。

「先生が有明町で見た義兄のことなのですが、その人物は、間違いなく義兄だったのでしょうか?」

「ん? それはまた、どういう意味です?」

「つまり、先生は福島県の石川町の旅館で、偶然テレビで義兄の写真をご覧になったわけですが、その写真の人物と、有明町の福泉寺でご覧になった人物とは、間違いなく同一人物だったかどうか……」

「驚きましたなあ」

吉川は明らかに機嫌を損ねた様子だ。

「いまさら、そんなことを言われても、何と答えていいもんですかねえ」

「あの、お気を悪くされると困るのですが」

坂口は慌てぎみに弁解した。

「じつは、たったいまのことですが、私の姪――つまり、義兄夫婦の娘がですね、他人を父親と見間違うということがあったもので、もしかしてと……どうも、おかしなことを言って申し訳ありません」

「なるほど、そういうことですか。うーん……そうあらたまって訊かれると、そりゃ私だって絶対にそうだと言える証拠のようなものがあるわけじゃないですからなあ。しかし、現実に『山本』という名前で電話してこられたのだし……第一、そういう疑問があるなら、あの時点でおっしゃるべきだったのではありませんか?」

「はあ、そのとおりであります。警察官の端くれとして、まったく面目ないのですが、あの時点では先生のおっしゃったことをそのまま鵜呑《うの》みにしてしまいまして。いえ、もちろん裏付けの調査はやったのですが、否定的な材料が何もなかったもので……」

何を言っても、言い訳にしかならないことを、坂口は分かりすぎるほど分かっている。

「それでですね、先生のおっしゃっていたライターなのですが、まだお手元にお持ちでしょうか？」

「ああ、あれならありますよ。このあいだあなたが見えた時に、お渡しするのをうっかりしてしまった」

「それでは、そのライターをいただきに参りますので、恐縮ですが、なるべく指紋を傷めないように保管しておいていただきたいのですが」

「え？　指紋ですか？」


吉川は困惑した声を出した。

「なるほど、指紋をねえ……しかし弱ったですなあ。じつは、拾った時に、泥で汚れてましたんでね、ティッシュペーパーできれいに拭《ふ》きとってしまったのですよ」

「そうでしたか……」

ある程度は予想していたことだが、坂口は落胆した。しかし、いまとなってはライターだけが手掛かりである。近日中に受け取りに行くからと吉川に言って、坂口は受話器を置いた。

寿司屋を出て、八重子に宮津駅まで送ってもらった。上り列車の発車時刻までは少し間があった。

八重子は近くの店へ駆けて行って、干物の入った籠《かご》を土産に買ってきた。

「元気でね、また来てね」

和代の頭に手を置いて、言った。和代は頷《うなず》いて、例のませた口調で「ええ、ありがとう」と言い、「おばちゃまも元気でね」と付け加えた。八重子は涙ぐみそうになって、慌てて車に戻った。

駅の待合室はストーブがあって暖かい。坂口と和代はベンチに坐《すわ》って、時間の経過を待った。ベンチには行商のおばさんたちが数人いて、お喋りに花を咲かせている。

窓の外の街には小雪が舞いはじめた。坂口も和代もぼんやりと雪の落ちるのを眺めながら、周囲の喧《けん》燥《そう》をよそに、黙ってそれぞれの想いに耽《ふけ》っていた。

駅の構内は次第に混雑してきた。どこかでスポーツの大会でもあるのだろうか。選手らしいユニホーム姿の高校生の集団が幾組も屯《たむろ》し、それを囲むように応援の一般生徒が集まっている。

坂口は尿意を催してトイレへ立った。

「和代はいいかい?」

「うん、さっき行ったばかりだもの」

駅のトイレは外にある。高校生が並んでいて、何人か待たされた。

待合室に戻ると和代の姿がなかった。荷物だけがベンチの上にある。坂口の坐っていた場所には、すでにほかの客がいた。

(しようがないな——)

坂口は伸び上がるようにして、周囲を見回した。キオスクにでも行ったのかと思った。しばらく待ったが帰ってこない。列車の時刻が近づくし、心配になってきた。

「あの、ここにいた女の子、どこへ行ったか知りませんか?」

隣の行商のおばさんに訊いた。

「ああ、あのお嬢ちゃんなら、パパのところへ行ったのと違うかね?」

「パパ？……」

「はいな、パパ、言うて走って行かはったですよ」

「どっちのほうへ行きましたか？」

「どっちいうて、ずっと見とったわけやないけんど、あっちのほうへ行かはったみたいやったけど」

おばさんは待合室の外を指差した。

「あの、パパと……間違いなくパパと言ったのですか？」

「へえ、そないに言いましたで。『パパ』言うて、びっくりしたみたいに立ち上がって、それでもって、走って行かはったですよ」

坂口はゾーッとした。和代の言っていた「ユーレイ」の話を思い出したのと、それよりも、和代の行方に対する不安で、背筋が寒くなった。

5

「お待たせいたしました……」と、改札の開始を告げるアナウンスがあった。待合室の客はゾロゾロと改札口の方向へ動き出す。

坂口は焦った。駅の入口を出て、行商のおばさんが指差した辺りを見回したが、和代の姿はない。

雪はまだ、降るというより、気紛れに舞うという感じで、人々は気にも留めず、忙《せわ》しげに行き交《か》っている。

坂口は焦燥《しょうそう》と不安にかられながら、駅構内や女子トイレ、駅前広場などを走り回った。

待合室に溢《あふ》れていた客たちのほとんどはホームに出た。やがて列車が到着した。しかし、ついに和代は戻ってこなかった。

列車から降りてきた客が三三五五、散って行ってしまうと、あとはひまそうな老人が二人、ストーブにあたりながら無駄話をしているだけになった。

その中に、一人目を血走らせた坂口が突っ立っていた。

和代の身に何が起こったのか、坂口には判断がつかない。

とにかく、行商のおばさんの言ったとおりだとすると、和代は父親の「幽霊」を見て、「パパ」と叫びながら飛び出して行ったということになる。

坂口はキオスクの女店員に和代らしい女の子を見なかったか訊ねたが、まったく気がつかなかったそうだ。

改札係も、それらしい子供が改札口を通過したという記憶はないと言っている。

駅前にはいつもタクシーが屯しているが、列車が到着したあと、ひとしきり全車両が出払っていた。そのタクシーが戻ってくるのを待って、坂口は一台一台、運転手に和代のことを訊いてみた。

その中の二人が、和代らしい女の子を目撃していた。

「ああ、ちっちゃい女の子が何か言いながら走って行きましたよ」

一人はそう言っている。ただし彼は、走って行った先がどこなのか誰なのか、はっきり見てはいなかった。

もう一人のほうはその先を見ている。

「女の子は親御さんらしい男の人のところへ走って行ったのですよ。あそこの角のところに車が停まっていて……」

広場から放射状に出ている道路の、左から二番目のを指差して、言った。

「その車はどういう車でしたか?」

坂口は訊いた。

「トヨタのマークIIじゃなかったかな。白い車だったけど」

「車に乗っていた人は男ですね?」

「そうですよ、男が三人……そう、運転手を含めて三人乗っていたのかな。その時はまだ三人とも外にいて、車に乗り込もうとしているところでしたがね」

「親御さんらしい人というのは、その中のどの人だったのか分かりませんか?」

「そりゃ、運転していた人だと思いますよ。女の子はその人のところへ駆け寄ったみたいでしたから」

「それで、それからどうなりました?」

坂口は緊張して、口調が無意識にきつくなった。

運転手はびっくりしたように坂口を見返ったが、文句は言わなかった。

「それで、何か喋っていたみたいだが……そうそう、なんだか困ったみたいな感じだったかなあ」

「困ったとは、誰がですか?」

「その親御さんがですよ」

「どうして困ったと思ったのですか?」

「そりゃあんた……なんとなくね、分かるでしょう」

「いや、具体的にどういう行動を取ったか、見たままを言ってほしいのですが」

「見たままねえ……」

運転手はさすがに気分を害したらしい。

「そんなこと言われたって、おれは何も、監視しとったわけじゃないのやから」

ムキになって言うと、思わず土地の訛《なま》りが出る。

「すみません」

坂口は謝った。しかし、ことは急を要するのだ。

やむなく手帳を示した。

「警察ですか?」

運転手は目を丸くした。

「警視庁捜査一課の坂口という者です」

「へー、警視庁の刑事さんですか」

「じつは、その女の子が行方不明になったのです。親御さんと言われたが、女の子の両親はすでに死亡しておりまして、それは何かの間違いか、あるいは女の子の勘違いと思われます」

「だけど刑事さん、その親御さん……じゃないのか。とにかく、その男の人は女の子を車の中に入れて、そのまま行ってしまったのですよ」

「ちょっと待ってください。さっきあなたは男の人が困ったような感じだったと言ったでしょう? それなのに、女の子を連れて行ったのですか?」

「ああ、そうそう、困った感じだったのですがね。周りを見たりして、何かこう……ついて来るなとか、そういう手つきをして……ほら、よくそういうのってあるでしょう。聞き分けのない子を追い払うみたいなの」

運転手は掌《てのひら》を下向けにして、物を払うような手つきをした。

「ああ、よく分かります」

「それでも女の子がなかなか行かないもんで、面倒臭くなったのかもしれないけど、ほかの二人の男の人が、女の子の手を引いて後ろの座席に乗せて、連れて行ったのですよ」

「それは無理やり引きずり込まれたというのではなかったですか?」

「無理やり?……というと、誘拐みたいにですかい? いや、そんな感じじゃなかったなあ。むしろ、どっちかといえば、女の子が、連れて行ってほしいっていう感じで、走ってきたのだし……」

「そうですか……」

坂口は絶句した。

「だけど、警察が、刑事さんが追っているというと、あれはまさか、誘拐？……」

運転手は恐る恐る、訊いた。

「いや、そんなことはないと思いますが、しかし、あの子が他人の車なんかに乗るなんてことは……」

坂口は頭の中が混乱して、何をどうすればいいのか、とっさに考えがまとまらなかった。

下りの列車が到着したのか、駅から客が出てきて、タクシーの列が動きだした。坂口の相手になっている運転手の車も動く。

「いずれまたいろいろ訊きにきますので、その時はよろしく」

坂口は早口に言って、その場を離れた。

念のために、もういちどベンチのところに戻って十分間、待つことにした。その十分間が取り返しのつかない時間のロスであるような気がしてきた。

その間に坂口は山本の実家に電話をしてみた。八重子はすでに帰宅していた。坂口からことの次第を聞きながら「えっ？　えっ？」と驚きの声を上げていた。坂口にしてみれば、もしかすると山本家に行ったのではないかという一縷《いちる》の望みもあったのだが、その望みは断ち切られた。

「まさか、誘拐されたのとちがいますやろなあ？」

八重子は不安そうに声をひそめた。

「そんなことはないと思います。案外、近くで迷子になっているのかもしれません」

八重子にそう気休めを言って、坂口は電話を切った。

それからキオスクの店員と駅員に、女の子の迷子がいたら保護してくれるように依頼して、ベンチの上の荷物を取ると、駅前タクシーに乗った。さっきの運転手とは違う運転手だった。

「警察へ急いで」

坂口は怒鳴るように言ったが、急ぐ必要もなく、宮津警察署までは歩いて行っても知れた距離だった。

受付の女性に警視庁の名刺を示し、用件を告げると、すぐに刑事課の部屋に通された。

刑事課長は保坂《ほさか》という警部で、すでに受付からの報告を聞いて、緊張した顔つきになっている。

「姪御さんが行方不明だそうですな」

「はい、ことによると、誘拐された可能性もあるのです」

「誘拐？　ほんとですか？」

坂口は手短に状況を説明した。

「なるほど、そうすると、その和代ちゃんですか……そのお子さんは、三人の中の一人を親御さんと見間違って、その車に乗って行ってしまったというわけですか」

保坂刑事課長は首を傾《かし》げた。

「しかし、それだと、誘拐というのはいささか即断にすぎるような気がしますが」

「そうかもしれません。しかし、いくら父親に似た人物がいたからといって、あの子が私に無断で行ってしまうということは絶対に考えられないのです。タクシーの運転手も、最後は男が和代の手を引っ張ったと言っています」

「ふーむ……だとすると、その連中はどういう目的で、和代ちゃんを連れ去ったのですかねえ」

「分かりません」

坂口は苦しそうに眉をひそめた。

「それで、当署としては何をすればよろしいですかなあ、この段階では、緊急配備を発令するというわけにもいかないし」

「………」

保坂の当惑に対して、坂口もなんとも答えようがなかった。いったい何が起こったのかもはっきりしない状態である。誘拐事件なら当然、京都府警はおろか、隣接府県警に対しても協力を要請できるが、だからといって、ただちに、主要道路などの検問を行なうようなことはかえって危険だ。

誘拐事件なのかどうか、また、誘拐だと仮定しても、犯人側の目的がはっきりしない以上、みだりに騒ぎ立てるわけにはいかない。営利誘拐なら、犯人側から何らかの要求があるだろう。それ以前に犯人を追い詰めてしまえば、和代の生命は危い。

「ともかく、所轄内の者には、それらしい女の子、ないしは車を見た場合、ただちに連絡するように伝えます」

「お願いします」

坂口は頭を下げた。いまの時点ではその程度の措置しか出来ないのがふつうだが、しかし、そうしているあいだにも、刻一刻、和代の身に危険が迫っているような不安が、坂口を苛《さいな》んでいる。

初冬の日はたちまち暮れてゆく。宮津署管内のパトカーや派出所、そして警邏《けいら》中の署員からは、和代を発見したという連絡はもちろん、迷子に関する報告もまったく入ってこない。刑事課の部屋でつくねんとしているだけしかない坂口にとって、無情とも思える速さで時間が経過していった。

思い余って、坂口は警視庁の岡部警部に電話した。

「そうか……」

坂口の話を聞くと、岡部はそう言ったきり、しばらく口を噤《つぐ》んだ。

「手遅れになるかもしれないな」

やがて、沈痛な口調で言った。

「手遅れですか?」

「うん、事態は悪い方向へ向かっているような気がする」

「悪い方向……といいますと、やはりこれは誘拐ですか?」

「おそらくな。もっとも、和代ちゃんのほうから飛び込んで行ったのだから、犯人側にとっても、予測していなかった突発的な出来事だろうけれどね」

「しかし、なんだってやつらは……いったい犯人たちは何者なのでしょうか?」

「それは分からんよ。ただ、言えるのは、きみの義《に》兄《い》さんにそっくりな男が、その辺に一人いるのは確かだっていうことだ。和代ちゃんが見間違うほどだから、よほど似ているらしい。そいつを割り出すのがいちばんの近道かもしれない」

「どうすればいいのでしょう?」

「そんなによく似た人物が、偶然いるというのも考えにくいから、義兄さんと血の繋がりのある人を辿《たど》ってみるしかないだろう」

「分かりました、そうしてみます」

「ただ、そのことよりも、ちょっと気になることがあるな」

「はあ……」

坂口は岡部が何を言おうとしているのか、覚悟を決めた。

「問題は、吉川弘一が有明町で見たという男のことだな」

「はい、私もそう思いました」

「それと、さらにいえば、福島県の石川町で殺されていた人物のことだ」

「はい」

「そっちのほうはどうなんだ、きみの確認に手落ちはなかったのだろうね」

「………」

坂口の口からは返事が出なかった。郡山の病院で遺体の身元確認をした時には、よもや見間違いなどがあるとは思ってもみなかった。あの死体の顔は、まさしく義兄《あに》・山本民夫のものだと信じた。

しかし、いま、その自信はぐらつきはじめていた。

6

六時を回って、宮津署の窓から見る町の風景は、完全に夜のとばりの中に沈んだ。

保坂刑事課長は天丼《てんどん》を取って、坂口と食事を共にしてくれたが、坂口にはむろん食欲など湧きようがない。

「まあ、とにかくいまは待つしかないのですから、腹ごしらえしておかないけんですよ」

刑事課長は自分の健啖《けんたん》ぶりに対する言い訳のように、坂口を慰めた。

午後七時過ぎに山本八重子から電話が入った。

「まだ和代ちゃん、見つかりませんか？」

「ええ、まだです」

坂口は絶望的な声を出した。

「そうですか……」

八重子も沈んだ口調になった。

「私のほうも心当たりを探してみます」

「ありがとうございます。しかし、ひょっとするとだめかもしれません」

「何をおっしゃいますか。そんな……大丈夫です、きっと見つかります」

八重子は励ますように言ったが、坂口は本気でなかば最悪の事態を考えていた。

「あなたにお訊きしたいのですが」

坂口は言った。

「義兄には、民夫さんには兄弟か従兄弟《いとこ》か、とにかく血の繋がりのある人はいないのでしょうか?」

「それはいてはりますけど、うちの主人もそうですし、徳次《とくじ》さん——二番目の兄さんかてそうです」

「いや、私の言っているのは、つまり民夫さんの実のお母さんのほうの兄弟も含めて——という意味です。そっちのほうはどうなのですか?」

「さあ……私は詳しゅうは知りまへんけど、たぶんいてはると思います」

「その中にですね、もしかすると、民夫さんにそっくりな人物がいるかもしれないのです。和代が見た幽霊というのは、じつはその人物ではないかと……」

言いながら、坂口は山本民夫の出生の秘密こそが、この事件の背景になっているのではないか——と確信に近いものを抱いた。

「民夫さんのお父さん——栄作さんに、そのお母さんの住所を訊いていただくわけにはいきませんか」

「そうですなあ」

八重子は当惑しきった様子だ。

「なんなら、私がそちらへ行って、直接お父さんにお願いしてもいいのですが。いや、警察が動きだせば早晩、捜査員が公式に事情聴取をしに行くことになりますよ。とにかく猶予《ゆうよ》はないのです。一刻も早く対策を立てないと、和代のいのちが……」

意識して演技するまでもなく、坂口の声が悲痛なひびきを帯びてきた。

「分かりました。けど、もうちょっと待っといてください。私なりに心当たりを探しておりますので」

八重子にどういう事情があるのか、坂口としては焦れったい思いがしたが、それを押してまでこっちの希望を通すわけにもいかなかった。

また時刻が流れた。そして午後九時近くになって、思いがけない方角から朗報が飛び込んできた。

「警視庁の岡部警部さんからです」

刑事の一人が受話器を高く掲げて、坂口を呼んだ。坂口が電話に出ると、岡部はこの男にしては珍しく気負った口調で言った。

「坂口君か、たったいま兵庫県警を通じて連絡があったのだが、兵庫県の豊岡《とよおか》署で、山本和代という女の子を保護しているそうだ」

「え？　兵庫県ですか？」

「ああ、豊岡市というところは、地図で見ると、兵庫県の北のほうにある。きみがいまいる宮津からも比較的近いはずだ」

「しかし、なんだって兵庫県なんかに……それに、どうして警部に連絡が行ったのですか？」

「いや、僕にというわけではないらしい。警視庁に叔父さんがいるという和代ちゃんの話を手掛かりにして、ここに連絡してきたというわけだよ」

「そうでしたか……」

坂口はほっとすると同時に、全身の力が抜け、涙《るい》腺《せん》までが緩《ゆる》みそうになった。

「では、とにかく豊岡署に急行します。報告はいずれその後で」

坂口は受話器を置き、勢い込んで立ち上がった。

「課長さん、いましたいました」

保坂刑事課長に向かって叫んだ。

「兵庫県の豊岡というところだそうです。宮津からも近いとかいうことですが」

「ああ、豊岡なら近いが……しかしまた、なんだってそんなところに?」

「それはまだ分かりません。とにかく会ってからいろいろ訊いてみることにします。それで、恐縮ですが、豊岡まで運んでいただけませんか」

「そりゃもちろんそうしますがね。しかし、どういうことですかなあ」

保坂刑事課長は深谷《ふかや》という刑事に、坂口を豊岡まで送るよう指示した。

警察を出る前に、坂口は八重子に電話した。和代が保護されたことを言うと、八重子は「それはようございました」と言った。その時は気が急《せ》いていたので、あまり感じなかったのだが、車に揺られているうちに、八重子の喜び方が、あまりにもとおりいっぺんなものだったように思えてきた。


(まるで予想していたみたいだ——)

いったん気になりだすと、妙にひっかかるものを感じる。確かに、それまでの心配の大きさに較《くら》べると、嬉しさの表現としてはトーンが低すぎる。

(京都の女性は冷静なのだろうか——)

そんなようなことを誰かに聞いた記憶があった。

八重子はその前の電話で、もう少し待てと言っていた。「心当たりを探している」とも言った。

(和代の発見は、その結果なのか?)

坂口の胸に疑惑が浮かんだ。

八重子があんなふうに自信を持って言えたのは、つまりは彼女が「誘拐」犯人の素姓《すじょう》を知っていたからではないだろうか?

坂口は新しい憂鬱《ゆううつ》に出くわして、和代の無事を手放しで喜ぶ気持ちにはなれなくなってきた。

車は暗い山道を複雑に曲がりながら走ってゆく。

宮津から豊岡までは五十キロあまりだが、この付近はどこをどう通っても、山あり谷ありで地形がややこしい。こんなところに道路や鉄道を通したのは、ずいぶん難事業だったにちがいない。

運転の深谷刑事の話によると、西舞鶴と豊岡を結ぶ宮津線も、近く廃線の憂き目を見ることが、ほぼ決定しているのだそうだ。

豊岡署には十時半頃に着いた。東京の夜更けは、むしろ事故や事件の花ざかりだが、ここは街そのものが眠ってしまったように静かで、署内も閑散としたものだ。

坂口の到着を当直の防犯係長が部下と二人で待ち受けていた。

係長は「井沢《いざわ》です」と名乗り、坂口の挨拶を受けると開口一番、言った。

「姪御さんは元気ですよ」

ある程度の事情は、和代の口から聞き出して知っているらしい。

「ありがとうございます。お手数をおかけしました」

坂口は警察官であることはさておいて、叔父としての感謝を籠めて、深々と頭を下げた。

坂口が案内された宿直室で、和代は疲れて眠っていた。

「しばらく休ませてあげたほうがええでしょう」

係長に言われ、すぐにでも起こして訊きたいことがあるのを、坂口はグッと堪えた。

「では、早速ですが、保護した時の状況をお聞かせください」

「分かりました」

係長は別室に坂口を案内して、部下にお茶を運ばせた。

「じつは、あのお嬢ちゃんを保護したのは、隣の城《き》崎《の》町《さき》の人なのです。ご存じかと思いますが、城崎温泉のある町です。それで、城崎から豊岡へ向かう途中の道路脇を、トコトコ歩いているお嬢ちゃんを見たのですな。真っ暗な夜道だし、なんとなく様子がおかしいので、車を停めて訊いてみると、どうやら迷子らしい。そんなもんで車に乗せて当署に連れてきたというわけです」

「それで、あの子は今度のことをどう説明しているのでしょうか？」

「いや、それがどうもはっきりしないのですよ。どうしてあんなところを歩いていたのかと訊くと、黙りこくってしまいましてねえ。ただ、警視庁の刑事である坂口という叔父さんがいると、そのことだけは最初に言ってくれたので、すぐに連絡を取ることはできましたが」

「和代は宮津駅前から何者かの車で運び去られていたのです」

坂口は和代が失踪《しっそう》した前後の状況を説明した。

「なるほど、そういうことでしたか……すると、その車の連中が誘拐目的で連れ去ったとも考えられますなあ。いったん誘拐してみたものの、途中で気が変わって、解放したといったような……」

「そうかもしれません。とにかくあの子に問い質《ただ》すよりないのですが。それにしても、どうして黙っているのですかねえ？」

「どうしてですかなあ、とにかくわれわれが、なぜあの場所にいたかという、その肝心な点に関することを訊くと、口をへの字に結んでしまうのですよ」

「そうですか……」

坂口はいやな予感がしてきた。叔父が警視庁にいる関係で、あれほど警察が好き、刑事が好きな和代が、警察官の質問を拒否するというのは、よほどのことだ。何かあの三人の男たちに吹き込まれたか、それとも脅《おど》かされたかしたにちがいない。

「起こしましょう」

坂口は、決然と言って、立った。

「いいのですか？　かわいそうな気がするが」

係長は懸念するように言った。

「やむを得ません。時間が経《た》てば、事件解決が難しくなるばかりですから」

坂口は和代の向こうに犯人の影を見たような気がしてきた。その犯人のことを、結果的に庇《かば》おうとしているとしか思えない和代に、犯人に対する怒りの余波のような、何か許せないものを感じてしまうのだ。

「とにかく、和代を連れ去った者たちの情報は、和代の口から訊き出すしかないのです」

坂口は自分を勇気づけるように宣言して、宿直室へと向かった。

和代は眠りから醒《さ》め、坂口の顔を見ると、坂口の胸にしがみつくようにして、「ワッ」と泣き出した。

この奇襲には坂口は参った。意気込んできたものの、和代の興奮が収まるまでは手のつけようがない。

ひとしきり泣くだけ泣くと、和代は落ち着きを取り戻した。だが、その顔はこれまで坂口が知っている和代とは、明らかに違う、何かよそよそしいものを湛えている。坂口が問い質すことを予感し、そのことに脅《おび》えているのがありありと見て取れた。

「和代、これから叔父さんが訊くことに、ちゃんと答えるんだよ」

坂口は和代の目を見つめながら言った。和代は黙って、小さく頷いた。

「じゃあ訊くけど、和代を乗せた車には、誰が乗っていたの？」

「おじさん」

「どこのおじさん」

「分からない」

「分からないことはないだろう」

「知らないおじさん」

「それじゃ和代は、どうしてそんな知らないおじさんの車に乗ったりしたんだ？」

「…………」

「そのおじさんの一人が、パパにそっくりだったのだね？」

「…………」

「どうなんだ？　パパに似ていたのか？　それとも、パパの幽霊だったのか？」

　和代が答える代わりに、豊岡署の防犯係長とその部下が「幽霊？……」と驚いた声を発して、たがいに顔を見合わせた。

「和代、いいかげんにしなさい。どれほど心配したか知れないんだよ」

「ごめんなさい……」

　和代はまたしても声を上げて泣いた。しゃくり上げながら、途切れ途切れに言った。

「言えないの、誰にも言っちゃいけないって言われたの、だから言えないの……」

（やはりそうか――）

　坂口は暗澹《あんたん》とした想いで、和代の苦しむ様を見つめた。

第四章　余部《あまるべ》大鉄橋

1

その夜は豊岡署の紹介で、豊岡市内の旅館に泊まることになった。坂口と和代はパトカーで送られて旅館に行くあいだ、一言も言葉を交わさなかった。

和代は脅えきっていた。脅えの対象が、和代を運び去った男なのか、それとも自分なのか、坂口には分からなくなっていた。

和代が追い掛けた男は、はたして山本民夫の幽霊だったのだろうか？

旅館は日本風の、旅館というより、むしろ民宿といったほうがよさそうな、小ぢんまりした二階家だった。この時期には客の数も少ないのか、まだそう遅い時間でもないのに、森閑《しんかん》と静まり返っている。

坂口と和代の様子から、旅館の女主人は何かわけありだと察知したにちがいない。もし、これで警察の紹介でなければ、泊まりを断るどころか、一一〇番に通報していたかもしれない。

風呂が沸いていますと女将《おかみ》に言われ、坂口は入ることにしたが、和代は首を横に振った。

家族風呂のような小さな風呂で、手足を伸ばすというわけにはいかない。それでも心身とも冷えきった坂口にとっては、束《つか》の間の安らぎではあった。

湯船に漬かっていると、さまざまな想いが去来する。姉夫婦の失踪から今日まで、事態は坂口と和代にとって目まぐるしいほどの転変を見せた。

いったい、山本民夫・裕子の身には何が起こったのか。なぜ彼らは死ななければならなかったのか。和代が見た「幽霊」は何者なのか。そして、和代が追い掛け、連れ去られた男は、はたして山本民夫の幽霊だったのだろうか？　それとも……さらに恐ろしい疑惑が坂口の心臓を締め付ける。

（福島で死んでいたのは、ほんとうに義兄だったのだろうか？——）

疑惑の行き着く先はそこであった。

考えてみると、義兄・山本民夫の顔をしげしげ見たことなど、坂口にはなかったのだ。かつて何年間か一つ屋根の下で暮らしたことがあったとはいっても、居候《いそうろう》のルールとして、おたがいに生活の侵害はしない——という取り決めになっていた。それはむしろ坂口のほうから姉に提案したルールである。学生時代の坂口は朝が苦手で、よほど重要な授業や試験でもないかぎり、大抵は九時頃までベッドの中にいた。優良サラリーマンであり、規則正しい生活のリズムを刻む義兄とは当然のことながら、嚙《か》み合わない。

だから同じ家に住んでいても、坂口が義兄と顔を合わせることは案外、少なかったのである。それに男同士、しかも姉婿《あねむこ》という間柄は、双方ともなんとなく照れ臭くて、まともに視線を合わせるのも気恥ずかしいものだ。会話を交わす時でも、坂口は無意識に義兄の顔から視線を外して喋《しゃべ》っていたような気がする。

そんなわけで、もし誰かに義兄の特徴を挙げよと言われたら、坂口はほとんど当惑するにちがいない。面食いの姉が惚《ほ》れたくらいだから、ハンサムだったことは確かだ。割と面長で、鼻筋が通っていて、唇の形がよくて――と、長所ばかり並ぶ。眼鏡はかけていない。頭髪もまだたっぷりあったし、白髪などもなかったはずだ。

しかし、そういう「特徴」を備えた男は、この世の中にはいくらでもいるだろう。よく似た人物を探すのに、それほど苦労しなくてすむかもしれない。

もっと端的に識別の根拠となるような特徴――たとえば黒子《ほくろ》だとか、あざだとか、何かの傷跡などはどうだったのか。そういうディテールになると、正確なイメージを特定するのがきわめて難しい。

ことに、福島で見たのは死体である。死後、まだそれほど経過していなかったから、正視に耐えない――というほど無残なものではなかったけれど、身内の人間である。しかも怨《うら》みを残して死んだ男の無念の形相とあっては、当然、見るに忍びないという想いはあった。

刑事という職業がら、死体は見慣れているはずの坂口としても、さすがに義兄の顔をまじまじと眺める勇気はなかった。

いま思うと、おそらく山本民夫の顔は、生前のそれとでは相当、人相が変わっていたはずだ。それなのに坂口はひと目見て、すぐに義兄であると断定している。

その辺の記憶がかなり曖昧《あいまい》なのは、気持ちが動転していたせいなのかもしれないが、まったく疑いを抱かなかった。いや、最初から義兄であることを疑おうともしなかったような気がするのだ。

湯船から立ち昇る湯気の中に、その時の遺体安置室の情景や「義兄」の顔を思い浮かべようとしても、どうしても形が見えてこない。

（しかし――）と坂口は思った。

遺体と対面した和代ですら、それが父親であることを疑いもしなかったではないか――。

そうすると、やはりあれが義兄だったのだろうか？

だが、その和代が父親の幽霊を見たと言い、おそらくは父親と見間違えた男の後を追って行った。そして――。

宮津駅からいなくなったあと、和代の身に何が起こったのか？

坂口は苛立《いらだ》ちと、遣り場のない怒りとで、じっとしていられない気分だった。思いきり飛沫《しぶき》を上げて湯船を出ると、ろくに体を拭《ぬぐ》いもせず浴衣《ゆかた》を纏《まと》った。

部屋に戻るとすでに布団が敷いてあったが、和代はまだ着替えもせず、部屋の隅に寄せられたテーブルの前で、じっと坐っている。

「もう寝なさい」

坂口は平板な口調で言った。和代は脅えた目で叔父の顔を見上げ、黙って着替えを始めた。叔父に対して心を閉ざしていなければならなくなったことを、和代なりにすまなく思っているのだろう。そのことは分かるし、哀れに思う気持ちはむろん、坂口にはある。

しかしそれでもなお坂口は、和代の「反逆」が腹立たしく、我慢がならなかった。こっちの質問に対して、泣きじゃくりながら沈黙を守ろうとした和代に、坂口はまるで頑強な被疑者に対するのと同じような苛立ちを覚え、そういう刑事根性に毒されたような自分に対して、また腹が立った。

「どうなっちゃったのかな、和代は」

並べて敷いた布団にそれぞれ横になって、坂口は少し優しい口調で言った。何かを訊き出すことを、なかば諦《あきら》めた気分だった。

「和代が叔父さんにも言えないというのは、よほどのことだよね。叔父さんは和代にとって、パパとママの次ぐらいに仲良しだと思っていたのだが、そうじゃなかったのかなあ。叔父さんにとって、和代はこの世の中でいちばん大事な子だから、和代にとってもいちばん大事な人かと思っていた。だけど、それは間違いだったみたいだな」

「ちがうわ」

和代は思いがけない強い口調で言って、布団の上に半身を起こした。坂口を睨《にら》むように見据えた目からは、涙が溢れた。

「ちがうわ、大事だから……叔父さんが大事だから、だから言えないの。言えば叔父さんが殺されちゃうんだもの」

それだけ言うと、「わーっ」と吠《ほ》えるように泣き伏した。悲しくて、辛《つら》くて、堪《た》えきれない想いを布団にぶつけるように、顔を伏せて泣いた。

坂口は掛け布団をはねのけると、和代の小さな体を抱きしめた。

「そうか、分かったよ、いいんだよ、もう何も訊かないからね。ただ、叔父さんは警察官だ、そんなに簡単に殺されたりはしない。それに和代のパパとママの弟なんだから、パパとママをひどいめにあわせた悪者を捕まえなければならない。たとえどんなに危ないめにあうようなことになっても、叔父さんは恐れたりはしないんだよ。和代が心配してくれることはとても嬉《うれ》しいけど、それは叔父さんの役目なんだ。そのことだけは言っておく。もし和代がそのことを分かるようになったら、その時は話してくれないか」

和代は坂口の胸に顔を埋めるようにして、じっと動かない。しかしもう泣いてはいなかった。和代の心の中で恐怖と勇気が戦っているのが、坂口には見えるような気がした。

2

翌朝、坂口と和代は豊岡署のパトカーで宮津に戻った。

国道三一二号線は丹後半島の付け根を西から東に横断するようなルートだ。昨夜は闇夜の中を無我夢中で走ったが、沿道の風景は変化に富み緑も多い。さすがに冬ざれの侘《わび》しさは感じさせるけれど、行楽目的の旅ならば、さぞかし気分がいいだろう。

盆地の豊岡では薄日も洩《も》れていたのに、宮津に着く頃には空は濃密な雲に覆われ、雪がちらついていた。日本海側特有の重苦しい冬が、いよいよ本格化する気配だった。

宮津署の保坂刑事課長は、和代がませた仕種《しぐさ》で挨拶すると、相好を崩して喜んでくれた。しかし、坂口が事実関係の説明を始めたとたん、しだいに緊張した態度になっていった。

「ということだと、やはり誘拐であったわけですな。それで、犯人たちの人相・着衣などの手掛かりはあるんですか?」

「はあ、じつは、それがですね……」

坂口は事情を説明しながら、何度も頭を下げることになった。姪が何も話してくれない——では、まるで子供の使い同然だ。しかし、それが事実なのだからやむを得ない。

「ふーん、それは弱りましたなあ……」

保坂は和代を眺めて、苦い顔をした。

「そういう状況であれば、当然、誘拐未遂事件と判断して、直《ただ》ちに捜査に着手すべきと思われますがねえ……」

「はあ……おっしゃるとおりです」

坂口はひたすら低姿勢だ。

「しかし、唯一の当事者であるこの子が沈黙しているのでは、捜査の進めようがないと思いますが」

「では、われわれはどうすればいいのかな。まさか、こんな幼い姪御さんを尋問するわけにもいかんでしょう」

「はあ、いまは当人も興奮状態にありますので……しかしいずれ必ず、私のほうで姪の口を開かせますので、それまで詳細はお待ちいただけませんか」

「それはまあ、あんたがそう言うのなら、われわれとしてはどうしようもないが……それじゃ、それはあんたの責任でやってくれるということですな？」

「はい、必ず」

頭を下げたものの、坂口には自信はない。昨夜からこっち、和代の煩悶《はんもん》は続いている様子だが、まだ口を開く気配は見られないのだ。

和代は坂口と刑事課長の会話を聞いているのかいないのか、ぼんやりと窓外の風景に視線を置いている。もしこの場であえて尋問を行えば、和代はまた死ぬほどに苦しむことだろう。

宮津署を出て山本家に行くと、八重子だけが応対に出た。愛想の悪い家であることは承知の上だが、和代の祖父をはじめこの家の人々が、和代が誘拐されたという事態をどう思っているのか、坂口はまた腹が立った。

「よろしゅうおしたなあ、ご無事で」

八重子は静かな口調で言った。微笑は浮かべているものの、坂口が抱いている安堵《あんど》感とは、大きな隔たりがあるような印象で、坂口には物足りなかった。

「ひとつ、お訊きしたいのですが」

坂口は刑事の目になって、言った。

「和代が解放されたのは、あなたのお力によるものなのではありませんか?」

「え?……」

八重子は微笑を消して、当惑げな表情になった。

「いいえ、私はべつに何もしとりませんでしたけれど」

「そんなはずはないでしょう。あなたのご尽力以外に、和代が助かった理由は考えられないのですから」

「それでも、私は何も知りまへんのよ」

「それではお訊きしますが、あなたは昨日、電話で話した時、心当たりを探しているとおっしゃったが、その心当たりというのはどういう筋だったのですか?」

「それは、親戚《しんせき》とか、知人とか……、ですわ」

「親戚にしろお知り合いにしろ、和代の失踪とは何の関わりもないと思うのですが、どうしてそれが『心当たり』になるのですか?」

「どうしてって訊かれはっても困りますけど、でも、とにかく和代ちゃんが戻ったのやし、それでよろしいのとちがいますの?」

「いや、和代が戻ったからといって、誘拐事件そのものが解決したわけではないのです。私は警察官として真相を解明し、犯人を逮捕する義務があるのですから」

「そんな、誘拐事件やとか犯人とか、恐ろしげなこと……」

「しかし、事実これは誘拐事件です。それともあなたは誘拐ではなかったとでもおっしゃるのですか？」

「…………」

「どう考えたって、あれは誘拐事件ですよ。和代は解放されたとはいっても、城崎から豊岡へ通じる国道を夜中に歩かされています。第一、犯人は和代に、自分たちのことをもし喋ったりしたら、この私を殺すと言って脅しているのです。つまり脅迫《きょうはく》ですね。これが犯罪行為でないとしたら、世の中、善人ばかりということになってしまう。絶対に許せませんよ」

坂口は喋っているうちにしだいに気持ちが高ぶって、激しい口調になっていた。

「それに、これは私の勘ですが、今回の誘拐はどうも民夫さんと姉の事件と無関係とは思えないのです。もしかすると、連中は殺人犯でもあるわけですよ。その意味からいっても、和代が生きて戻ってきたのは奇跡としか思えません。和代の両親を殺しておいて、和代を殺さない理由はないはずですからね。ところが和代は解放された、そこには誰かが彼らに働きかけて、無益な殺生をやめさせたというような事情があったにちがいない。そうとしか考えられません」

それはあなただ――という想いを籠《こ》めて、坂口は八重子の目をじっと見つめた。

「そんなふうに言われても、私は困ります」

八重子は目を伏せて、落ち着かない仕種で、髪をしきりに撫《な》でつけている。否認しつづける被疑者が共通して見せる癖だ。

「それではこれだけは教えてくれませんか、民夫さんのお母さんがどこにいるのかを」

八重子の顔色がさっと変わった。坂口の質問が核心を衝《つ》いたにちがいない。

「それも教えていただけないということはないのでしょうね。いや、あなたが拒否なされば、警察の力で調べるまでです。その程度のことを調べ出すのは造作もないことなのですから。ただ、このお宅に警察が出入りしては、世間体があまりよくないことになりはしませんか？」

突然、八重子の後ろの襖《ふすま》が開いた。

「いいかげんにせんかい！」

民夫の父親・栄作のいかつい顔が怒鳴った。

「警察が何やね、わしら何も曲がったことをしておるわけではないで、警察なんぞ恐ろしいことないわ。調べたければ勝手に調べたらええやろが。とにかく、民夫が死んだいまとなれば、あんたらとうちとは何の関係もおまへんさかいにな、さっさと去《い》んでくれんか」

和代が思わず坂口にしがみつくほどの剣幕であった。坂口はほとんど反射的に立ち上がっていた。勃然《ぼつぜん》たる怒りが身内から込み上げるのを感じた。

「それがこの子の祖父であるあなたの言うべき言葉ですか。両親の死という、これ以上はない不幸に耐えているこの子の気持ちが分からないのですか」

さすがに、栄作の顔に怯《ひる》んだ表情が浮かんだが、鼻っ柱は曲がらない。

「それは分かる、不憫《ふびん》やと思う。しかしな、そやから言うて、わしの家に警察がどうのこうの、脅しをかけられるいわれは、これっぽっちもおまへんで。そりゃな、警察が民夫とあんたの姉さんを殺した犯人を捜すのは当然のことや。そやけど、うちらまでそのとばっちりを受けるのはかないまへん言うとりますのや。民夫の母親がどうしたのとか、ややこしいことは堪忍《かんにん》だすがな。そんなもん、うちとはまったく関係あらへんのやさかいな。捜したいのやったら、どうぞ勝手に捜しとくんなはれ」

栄作は勝ち誇ったように言い放った。

3

民夫の父親がなぜああまで強気を見せたのか、その理由はすぐに判明した。

山本家を辞去したあと、坂口は宮津署に引き返して、山本民夫の戸籍を調べてもらった。その結果、民夫の母親というのは、戸籍上、山本栄作の妻の名前になっていることが分かったのだ。

つまり、民夫はれっきとした山本家の嫡出子であって、坂口が平塚の叔母に聞いていたような、庶子である証拠は、書類上は何もなかった。

しかし、現実には民夫は山本家の中では、庶子として遇されていたにおいがする。八重子も暗にそれを認めるようなことを言っていたのだ。平塚の叔母も知っていたくらいだから、もしかすると、民夫自身がそのことを洩らしたのかもしれない。

ともあれ、戸籍上、民夫が庶子であることを示すものがないとなると、いかに警察権力を行使しようと、民夫の家族を容疑者なみに尋問しないかぎり、真実の母親の所在を知ることはできない。かといって、先方が拒否するものを、あえて訊き出すような権限は、いくら警察とはいえ、この場合、なかった。

坂口は消化不良のような気分のまま、警視庁に電話した。岡部警部への経過報告には、日頃の坂口らしい覇気《はき》も力強さも失われていたにちがいない。

「そうか、分かった、とにかく帰ってこい」

岡部は淡々とした口調で言った。慰めも激励も言わないのが、坂口には叱《しか》られたのと同じ程度、辛《つら》かった。

「そうだ、きみにいい知らせがあるのを忘れるところだった」

岡部は坂口の気持ちを感じ取ったかのように、いくぶん明るい声で言った。

「いや、いい知らせというと語弊《ごへい》があるかもしれないのだが」

電話の向こうで岡部の苦笑するポーズが、なんとなく見えるような気がした。

「きみの義兄《にい》さん——山本民夫さんの遺体だがね。つまり、きみが福島で確認した、あれはやはり山本民夫さんのものと断定してよさそうだよ」

「えっ？　ほんとうですか？」

「ああ、じつは、きみには悪いが、家内が預かっている鍵で、山本さんのお宅に入らせてもらった。鑑識に頼んで、あちこちから指紋を採取して、福島県警に照合してもらったのだが、その多くが福島の遺体の指紋と符合したよ」

「そうでしたか……」

坂口は一つの重荷を下ろしたように、ほっとした。少なくとも、和代が見た「幽霊」は義兄自身でなかったことだけは確実になったのだ。

宮津駅を列車が離れる時、和代はそれまで外を見ていた目を坂口に向け、何かを訴えたいような表情を見せた。

「ん？」

坂口は和代が喋る気になってくれたのかと期待して、その視線に応じた。

だが、和代の目からはすぐに特別の意志を感じさせる気配は消え、視線はふたたび、窓の向こうに向けられてしまった。おそらく和代の小さな胸の中では、言うべきか言わざるべきかという葛藤《かっとう》が、絶えず繰り返されているのだろう。

（待つしかないな――）

坂口はそう思った。

東京に戻ると、坂口はあらためて岡部警部の家を訪ね、和代を手元に引き取ることにした。岡部夫人は「まだしばらくはお預かりしますよ」と言ってくれるのだが、いつまでも好意に甘えているわけにはいかない。

「いずれにしても、今後は両親を亡くした和代と、二人で生活してゆくことを考えなければなりませんので」

言いながら、坂口は、そのことがにわかに実感として、重くのしかかってくるのを感じた。簡単に親代わりというけれど、そんな重大な任務がこの自分に務まるものかどうか、不安でもあった。

翌日、坂口は警察の寮から山本家――自分の生まれた家に、衣類や小物などを運んだ。オーディオの機械などはそのままにしておいたが、今後、それを運び出すことがあるのか、また寮生活に戻って来られるのか、まるっきり自信がない。

一日二日のことならともかく、ずっと和代と暮らすとなると、身の回りの世話をしてくれる人を頼まなければならない。幼稚園はしばらく休むからいいとしても、食事や風呂の世話などは坂口の手に負えない。

幸い、幼稚園仲間のマー君の母親・三上夫人が底抜けに陽気なお人好《よ》しで、お手伝いさんが見つかるまでのあいだ、和代の面倒を見てくれることになった。和代のほうも三上夫人にはなついて、少なくとも表面上だけは寂しさにめげず、つとめて明るく振る舞おうとしている。

「健気《けなげ》で明るくて、いい子ですねえ」

三上のおばさんは、腕白坊主であるわが子に引き較べて、つくづく感心の体《てい》であった。

ともかくも和代のことからは手が離れた。坂口は本来の警視庁捜査一課岡部班の一員として、戦列に復帰した。もちろん、姉夫婦の事件の進展が気にならないわけはない。宮津での奇妙な「誘拐事件」の真相にも想いは飛んだ。

しかし、いくら身内のこととはいえ、いや、身内のことであるだけになおさら、いつまでも管轄外のことにかかずらっているわけにはいかない。目下、警察は歳末特別警戒体制に入っていて、警視庁の職員はすべて、休日返上の忙しさに追われているのだ。

十二月もいよいよ押し詰まってきた日曜日、坂口が夜遅く帰宅すると、和代がまだ起きていて、思い詰めた顔で言った。

「おとなでも双子って、あるのね」

「ん？　ははは、そりゃそうだよ、子供の双子が大きくなればおとなになるさ。おとなになっても双子は双子、よく似ているよ。だけど、急にそんなことを言い出したりして、どうしたんだい？」

「あのね、今日ね、テレビでマラソンやってたの。そしたら、双子の選手が並んで走っていて、そっくりなの。だから……」

その先を言い淀《よど》んだが、坂口は背筋に突き上げるものを感じた。

「そうか、和代が宮津で見たのは、パパの双子の兄弟だったのかもしれない。和代はそう思ったんだね？」

和代は一瞬、ためらったが、コックリとうなずいて見せた。

坂口はいままでモヤモヤしていた霧のようなものが、いっぺんで晴れた想いだった。

（そうか、双子の兄弟がいるのか——）

それなら、吉川弘一が佐賀県の有明町で見た人物のことも説明がつく。電話で同じ山本姓を名乗ったとしても、それは山本民夫ではなかったのだ。

しかし、双子の兄弟がいると仮定しても、民夫と姉の事件の謎《なぞ》までは解明できない。

民夫はその兄弟に間違えられて殺されたのかもしれない、と坂口は考えた。だが、それならなぜ姉までが殺されなければならなかったのか、説明がつかない。

それともうひとつ「和泉式部の謎」が残っている。この事件の随所に出てくる和泉式部の墓や史蹟は、いったい何を意味しているのであろう。

「和代は、宮津の駅で見たそのおじさん——パパにそっくりのおじさんが、もしかするとパパじゃないかって思ったんだね？」

坂口はつとめて冷静に、和代を刺激しないように、ゆっくりした口調で訊いた。

和代はほんの少したためらったが、思いのほかあっさりと「うん」と言った。気持ちの中で何かが整理できたということなのかもしれない。

「それで、連れて行ってってせがんだのかい？」

「うん」

「だけど、おじさんはだめだって言ったんだろう？」

「うん、でも、ほかのおじさんが『いいから連れて行こう』って、車に乗せてくれたの」

「だけど、車に乗ってからもずっと、和代はそのおじさんがパパだと思っていたわけじゃないんだろう？」

「うん、しばらく見ているうちに、ちがうなって思って……話し方もちがうし。それに、耳の後ろのところにホクロがあったし」

「それで、和代は降ろしてくれって言ったのかい?」

「うん、駅に戻りたいって言ったけど、でもだめだって……いちど乗ったらもう戻れないんだって。それから、もうじきパパのところに連れて行ってやるからって……」

その時のことを思い出したのだろう。和代の顔はそそけ立ったようになった。

4

「それからどうしたの?」

「それから……それから、泣いた」

「………」

「泣いたら、ジュースをくれたの」

「誰が?」

「後ろに乗っていた二人のおじさんの、太ったほうのひと」

「それから?」

「それから、なんだか山の中みたいなところを走っていたけど、それから……眠っちゃったから、よく憶えていない」

「そうか」

おそらく和代はその時、睡眠薬を飲まされたにちがいない。

「それから、起こされて……もう夜になっていて、外は真っ暗だったの。いつのまにか太ったおじさんとパパみたいなおじさんだけしかいなくなっていて、やせたほうのおじさんはどこかで降りちゃったみたい。それで、パパみたいなおじさんが、すっごく怖い顔して和代を睨みつけながらこう言ったの。『言うことを聞けば帰してあげる』って」

「そうか、その時に、誰にも話しちゃいけないって言われたんだね？」

「うん……話したら、和代のいちばん大事な人を殺すって言ったの。『いちばん大事な人って、叔父さんのこと？』って訊いたら、そうだって言って、それから車から降りろって言って、外に出たら、どんどん走って行って、見えなくなっちゃったの。それで、どこだか分かんないけど、車が行ったのと反対のほうに行けばいいと思って歩いていたら、どこかのおじさんが車を停めて、警察まで乗せてあげるって言って……」

真っ暗な見知らぬ道をトボトボと歩いた、その時の情景が思い浮かんだのだろう、和代は不安そうな表情になった。

「そうかそうか、よく話してくれたね」

坂口は和代の頭を抱きしめた。

「叔父さんのことなら心配しなくても大丈夫だよ。叔父さんの後ろには何千何万というお巡りさんがついているんだから」

そう言いながら、坂口は和代にとって「いちばん大事な人」の名が『叔父さん』であることに、さわやかな感動を覚えた。

「だけど、そのおじさんたちは、和代をどうして帰してくれたんだろうねえ？　何か言っていなかったかい？」

和代はちょっと思い出す素振りを見せて、かぶりを振った。

「いいかい、よーく考えて思い出してもらいたいのだけど、そのおじさんたちは、いったいどこへ行くつもりだったのかな？　何か行き先のことや、どこかの地名——町の名前とか、そういうこと話してなかったかい？」

「うん、話してたわよ」

「そうか、話してたか……それで、何ていうところか憶えていないかい？」

「なんだかヘンな名前だったけど……アマルとか……よく分からないけど」

「アマル？」

「分からないけど……『アマル』って、なんだかお金が余るみたいで、ヘンなのって思ったから、それで憶えてるの」

「アマルって言ったんだね？」

坂口は「マ」に高いアクセントをつけて言った。

「うん、太ったおじさんが、パパみたいなおじさんに、アマルへは行かないのかとか、訊いてたの」

「ふーん、そう言ってたの。アマルへは行かないのかってねえ……アマル……か、何のことだろうな？」

そんなおかしな地名があるとは思えない。おそらく和代の聞き違いか、あるいは地名ではないのかもしれないが、坂口は一応、地図を広げてみた。

和代が「解放」されたのは、豊岡から城崎へ向かう道路上である。つまり、和代を乗せた車は、そのあと城崎方向へ向かって走り去ったということになる。

道路は円山《まるやま》川という名前の川と、山陰本線にはさまれるようにして城崎まで行き、城崎で山陰本線と分かれ、さらに北上して海岸に達する。そこまでのあいだと、その付近には『アマル』というような地名は見当たらない。

道路は海岸に突き当たったところで西へ直角に曲がり、有料道路を示すブルーのラインになっている。おそらく風光明媚《めいび》な観光ドライブコースなのだろう。

いずれにしても、坂口の人生とは何の接点もない土地だ。

　考えてみると、宮津にしろ豊岡にしろ、さらに遡《さかのぼ》って、有明町や福島の石川町も、こういう事件でもなければ、たぶん一生、訪れることのない土地だったのかもしれない。

　そういう想いで見れば、見知らぬ土地にも哀惜にも似た感情が呼び覚まされる。

「アマル……か」

　坂口は場違いな感傷に耽《ふけ》りかけた意識を引き戻すために、奇妙な地名（？）を声に出した。

　視線はブルーのドライブコースを辿《たど》る。

　道路はやがて竹野というところでふたたび山陰本線と接触し、また少し行くと、国道一七八号線に合流する。この辺りはよほどの難所とみえ、山陰本線は蛇行をつづけ、むやみにトンネルを潜《くぐ》る。

　道路は香住《かすみ》という町に入り、山陰線と交差しながら進む。

　地図の上を漠然と走っていた坂口の視線が、ふと停まり、後戻りした。

　意識のスクリーンに『余』という文字が映った。

「お金が余るみたいで」と和代が言っていた『余』そのものだ。

「余部……」

　山陰本線の駅名は、平仮名で「あまるべ」と書いてあった。

　坂口の胸はにわかに高鳴った。

「和代が聞いたアマルだけど」

　興奮を抑えながら言ったが、語尾が震えるのが、自分でも分かった。和代はびっくりした目を大きく見開いている。

「そのおじさん、アマルべって言ったんじゃないのかい？」

「アマルべ？　どうだったかな……そうかもしれないけど、よく分かんない」

余部は「アマル」の「マ」を中心にした部分を強く発音するから、ことによると「べ」が聞き取りにくいということもあるかもしれない。あるいは、「余部へは行かないのか」と「部へは」を「べーワ」と曖昧《あいまい》に発音しそうだから、そういう点でも和代が聞き洩らしたことは考えられる。

「余部か……」

坂口は地図に視線を戻した。虫メガネで見なければ見えないような小さな活字だ。おそらく、何も関心がなければ、気付かないで見過ごしてしまう地名だろう。その小さな文字が、坂口の頭の中でどんどん膨らんでいくような気がした。


「余部か……」

岡部警部は腕組みをして頷《うなず》いた。

「確かにきみの言うとおりかもしれない。いや、その前に双子の兄弟説は面白いね。大発見と言っていい。和代ちゃんの執念みたいなものを感じるね」

「はあ、私もそう思いました。本来なら、私のほうが先に気付かなければならなかったことなのかもしれません」

「いや、そんなことはないさ。だいたい、山本さんが庶子であることさえ曖昧だったのだしね。まして、ほかに兄弟——それも双子の兄弟がいるなんてことは想像しようがないことだよ。ことにおとなのわれわれには」

5

　岡部は苦笑しながら、坂口を慰めた。

「しかし、双子の兄弟というのも、いまのところは仮説の段階だからね、その点はきちんと弁《わきま》えてくれよ」

「はい……それでですね……」

　坂口は口ごもった。

「何だい？」

　岡部は催促した。

「いえ、いいのです」

「おかしなやつだな」

　岡部は笑って言った。

「余部へ行ってこいよ、こっちに遠慮することはない。それに、あの辺は冬は大変だろうから、行くなら早いほうがいい。まごまごしてると正月になっちゃうぞ」

「はい、ありがとうございます」

　坂口は満面に喜色を湛《たた》えて最敬礼をした。

　翌朝、また一番の新幹線で東京を発《た》った。この冬最強の寒波がきているとかで、朝の街は眠りから覚めないどころか、凍《い》てついてしまったような気配だった。

　岡部がしきりに雪の心配をしていたが、案の定、関ヶ原付近は吹雪で、列車は超スロー運転をしていた。このぶんではダイヤが大幅に遅れることは必至だ。

　窓に叩《たた》きつける雪の粒が、風景をねずみ色に曇らせるさまを見ながら、坂口は旅のゆくてに何やら不穏なものを予感した。

　京都にはおよそ五十分ばかりの遅延で、山陰本線の倉吉行特急に間に合わなかった。その後の特急は城崎止まりだ。駅員に訊くと、そこから先は福知山線経由で来る急行列車に乗り換えてくれという話だ。

山陰本線の長距離列車は、京都発よりもむしろ新大阪発、福知山線経由の列車のほうが本数が多いということも初めて知った。それなら最初から新大阪まで行けばよかったのだ。

山陰本線のホームは宮津へ行く時に経験済みだが、新幹線ホームとは対照的に汚く、暗く、ちょっとしたローカル線のターミナルのほうがよほどいい。宮津へ行く際には、何となく「ローカル線」のイメージでいたからあまり抵抗がなかったけれど、これがれっきとした「本線」であると思うと、そのみすぼらしさがあらためて目につく。「山陰」という名称から受けるイメージどおり、日本海側の地方は政治や経済の世界から顧みられることの少ない地方なのだな——という思いがしみじみした。

ホームは強い北風に晒《さら》されていて、坂口は気持ちがますます滅入《めい》ってきた。

列車も本線を走るにしてはずいぶん古いタイプの車両だが、それでも乗ってしまえば別世界で、暖房された空気に包まれているだけ救われる。

それにしても、行けども行けども暗い空と陰鬱《いんうつ》な風景であった。雪は時折しげく降り、風はますます強くなる気配だ。

車内はガラガラに空《す》いていて、声高に話す人もいない。昨夜遅くけさは早かった坂口は束《つか》の間だがまどろんだ。

「豊岡」のアナウンスに目覚めた。駅の構内を猛烈な吹雪が荒れ狂っていた。そのせいなのか、列車は少し遅れぎみらしい。

城崎まではそれでもまずまず順調に走った。後続の急行列車はすぐに入ってきて、寒いホームに長く待たされることもなかった。

ところが、車内に乗り込んでから、発車時刻がきても、列車はいっこうに動こうとしない。

「どないしたんや？」という、客の不服そうな声が聞こえはじめた頃、列車の前部へ向かって、ホームを慌ただしく走る駅員の姿が見えた。運転士に何か業務連絡をしに行く様子だが、なんだかただごとでない気配を感じさせる。

はじめのうち、構内アナウンスは、のんびりした声で、「もう少々お待ちください」とばかり言っていたが、やがて突然、緊張した口調に変わった。

「お急ぎのところまことに申し訳ありませんが、この先で事故が発生しましたので、列車は当駅にてしばらく停車いたします」

乗客は一様に「やれやれ」という顔になった。坂口も、また踏切事故か何かで遅れるのだろう――ぐらいに思った。

だが、それからいくら待っても列車が動く気配はない。アナウンスはばかの一つ覚えみたいに「ご迷惑をおかけします」ばかり言っている。遅延の原因が事故であるとは言うけれど、どういう事故で、いつ頃まで、あるいは何時間ぐらい待てば回復するのか――といったことについては、乗客にはなかなか教えない。

そうこうしているうちに、頭にきた乗客が徒党を組んで、駅長事務所に押し掛けて行ったらしい。その連中がホームをただならぬ様子で、何か叫びながら戻って行く。

「落ちたんやと……」

「鉄橋から……」

断片的な言葉が窓越しに聞こえた。よほど大きな事故であったとみえ、ひどく興奮しているのが分かる。それを追い掛けるように、ようやくアナウンスが事故の内容について、発表した。

「お急ぎのところ長らくお待たせしておりますが、この先、余部の鉄橋で転落事故がありまして、ただいま復旧作業中です。たいへんご迷惑をおかけいたしますが、復旧の見込みはいまのところ立っておりません。お客様には、恐縮ですが、バスにて振り替え輸送をさせていただきたいと思いますので、駅員がご案内に参りますまで、しばらくお待ちくださ い」

客たちのあいだに、異様な空気が流れた。

「余部の大鉄橋から転落——」

驚きの声があちこちから聞こえた。坂口にはさっぱり実感がないが、地元の人間がこれほどショックを受けているということは、その「余部鉄橋」なるものが、何か特別な意味を持つのだろうか。

駅員の誘導で、乗客は駅の正面玄関に出た。旅館・ホテルの看板や送迎の男たちが屯《たむろ》する駅前の風景を見て、坂口は城崎が温泉の街であることを思い出した。そういえば、学校で『城の崎にて』という小説を習ったことがあったけれど、あれは志賀直哉だったか誰だったか——。

駅前にはバスが三台、待機していて、客は分散して乗り込んだ。一台にはせいぜい四十人分の座席しかないはずだが、立つ者は一人もいない。つまり、列車にはその程度の客しか乗っていなかったということである。

その代わり密度が高くなった分、がぜん賑《にぎ》やかだ。事故の噂《うわさ》や臆測《おくそく》を、それぞれがしたり顔に喋るから、会話に参加しない坂口にも、「事故」の様子がだんだん理解できるようになった。

どうやら「余部鉄橋」というのは、地上四十一・五メートルという、この形式の陸橋としては東洋一高い鉄橋であって、山陰線の名物の一つであるらしい。

「いつか落ちるんやないか、思うとったが、やっぱしなあ」

「そんでも、なんでこの吹雪の中を走ったりしよったんかなあ」

「しかし、列車は回送中のカラッポの列車やったそうで、まあ不幸中の幸いいうことやけど、もしわれわれの乗った列車が――と思うと、ゾッとするわ」

「ほんまやな……」

その結論に、全員が深刻な顔を見合わせる。まったく笑いごとではなく、まかり間違えば坂口の乗ったこの列車が転落しかねなかったということなのだ。乗客の不安はまさに他人事ではないのだろう。

6

余部は兵庫県北部・城崎郡香住町の海岸にある小さな集落である。入り江の断崖《だんがい》と断崖にはさまれたような場所に、漁業を生業《なりわい》とする家が肩を寄せあって生活している。

その集落の真上を跨《また》ぐように渡っているのが、余部鉄橋である。地上四十メートルの鉄橋というのは、実際に見ると信じられないような高さだ。それも、いわゆるアーチ型の近代的な橋でなく、鉄骨を地面から組み上げたタイプで、まるで西部劇にでも出てきそうな、見るからに頼りない橋だ。

この日、山陰本線の風速計は三十メートル以上を何回か記録していた。通常は二十五メートルを超すと列車の運転――とくに余部鉄橋上の運転を見合わせることになっているのだが、なぜかその規制が無視された。

「馴《な》れすぎたんやろな」

「風を甘く見たんよ」

バスの乗客の中で、消息に通じている者はそう解説していた。余部鉄橋を建造して以来七十七年間、鉄橋上からの転落事故はかってなかったのだそうだ。その馴れと安心感が現場の判断を甘くしたという。

バスの乗客はほとんど全員が余部まで行った。途中で降りるべき客もいたはずなのに、ひと目事故現場を見たいという野次馬根性がそうさせたにちがいない。

バスのラジオがつけてあって、ローカルニュースが事故の模様を刻々伝えるのが耳に入った。鉄橋の下を通るのは国道一七八号線で、いわばこの地方の大動脈だ。その道路は転落した車両によってもろに遮断された。そのために余部付近の交通は大混雑であった。それでもどうにか通行禁止にならずにすんだのは、集落の中を通る旧《ふる》い細道が生きているからだという話であった。

粉雪まじりの強い風が吹く中を、バスはノロノロと進んだ。午後四時過ぎになって、ようやく余部鉄橋を望むところまで到達した。小高い位置から、事故の模様も見ることができた。数両の車両が玩具《がんぐ》のように橋の下に落ちている。当然、家屋も潰《つぶ》れているはずだが、この位置からでははっきりしたことは分からなかった。

バスはそこから迂回路《うかいろ》に回るというので、坂口は降ろしてもらい、国道を現場へ向かった。乗客の何人かは坂口と行動を共にした。中には現場付近に知人の家があるという者もいて、重い荷物を担《かつ》ぎ、血相変えて走って行った。

海から谷へめがけて吹きつける寒風は、まだかなりの強さで、顔を背《そむ》けなければ歩けないほどだ。

事故現場は惨憺《さんたん》たる有り様であった。鉄橋の真下には民家はあまり建っていなかったらしいが、何かの工場か倉庫らしい大きな建物がペシャンコに潰れ、粗大ゴミの山と化していた。

その手のつけようもなさそうな現場に、大勢の人々が群がり、右往左往している。鉄道関係者や地元民に加え、警察官も百人以上は出動しているにちがいない。報道陣もかなりきているのだろう。時折パッパパッとフラッシュが閃《ひらめ》く。そこから五十メートルばかり離れたところに立ち入り禁止のロープが張られ、その外側に女性や子供、それに野次馬が佇《たたず》んで、寒そうに震えながら、そういった現場の情景に見入っている。

死者や怪我《けが》人はすでに収容されたあとらしく、現場には救急車が一台きているけれど、赤ランプを回しながら、じっと動かない。

坂口はロープを跨いだ。警備に当たっている警察官が慌てて近づいてきた。

「危険ですから入らないで」

坂口は手帳を示した。

「警視庁捜査一課の坂口という者です」

警察官は挙手の礼で「御苦労さんです」と挨拶《あいさつ》した。事故の捜査に中央から派遣されたスタッフだとでも思ったのかもしれない。

「ここの、所轄はどちらですか？」

坂口は訊いた。

「所轄は香住署ですが、近接各署から応援が出ています。自分は豊岡署の者です」

「そうですか。えーと……お名前を失念しましたが、防犯係長さんは見えてますか？」

「はい、井沢警部補ならあそこにいます」

指差したところに、なるほどあの時の防犯係長の顔が見えた。制服姿で部下に何やら指示を与えている。坂口が近づくと何気なく振り向いて、「やあ」と、硬い表情をわずかに緩めた。

「まさか、この事故の件でみえたのと違うのでしょうな」

「いいえ、偶然出合ったのです」

「そうすると、このあいだのお嬢ちゃんの件で?」

「ええ、そうなのですが、えらい事故ですねえ」

坂口は眉をひそめてうずたかく積まれた残骸《ざんがい》の山を見渡した。間近で見ると惨状は圧倒されるような巨大さであった。

「まったく、えらいことです」

「死傷者は出たのでしょうね?」

「ああ、かなり出ました。転落した当時、真下のカニの加工工場で十数人の作業員が働いていましてね、死者だけでも数人、出ているのです。ほとんど女性でした」

井沢係長は消耗した顔で、事故現場を眺めたが、ふと気がついて、訊いた。

「わざわざ見えたいうことは、誘拐事件に関して、何か手掛かりでもあったということですか?」

「ええ、はっきりしたことは分からないのですが……」

坂口は背広の内ポケットから義兄の写真を取り出した。

「じつは、これはあの子の父親の写真なのですが、こういう顔の人物を、この辺りで見掛けた人がいないかどうか、聞き込みをやってみようと思いまして」

「はあ……」

井沢は薄暗くなってきた空の明かりを頼りに、写真をしげしげと眺めた。

「確か、あのお嬢ちゃんのお父さんは殺されたのでしたね?」

「ええ、そうです」

「そうすると、この人のことを調べて、それが事件にどういう関係が?」

「姪の話によると、誘拐犯人と目される男というのが、この顔にそっくりだったと言うものですから」

「なるほど、それであの時、パパの幽霊だとか、妙なことを言っていたのですな?　しかし、その人物が余部に立ち回ったというのは、何か根拠があってのことですか?」

「いいえ、それも姪の話ですから、あまりアテにはなりませんが、車の中での犯人同士の会話の中に、余部というような言葉があったらしいもので」

「はあ……」

井沢はやや呆《あき》れたような表情になった。そんな頼りない話だけで、遠路はるばるやってきた物好きに驚いているにちがいない。

「そりゃまあ、とにかく御苦労さまですな。われわれも協力して差し上げたいが、この騒ぎですからな、うちの署の人間はほとんどここに来ていて、署内はからっぽみたいな状況ですわ。当分はこの跡片付けに忙殺されるでしょうなあ」

「分かります。いえ、むしろ私のほうでお手伝いしなければならないのかもしれません。それに、ここはあまり広くない土地のようですから、私一人で十分、調べがつきそうですし、どうぞご心配なく」

「そうですか、そしたら、せめて宿の世話だけでもさせてもらいましょうか。今夜はどこの旅館も満員でしょうからな」

井沢は知り合いの民宿を世話してくれた。余部の海岸べりにある小さな民宿だが、新鮮な魚を食わせるのだそうだ。歩いても知れた距離だというので、坂口はまた颪に向かって歩いて行った。

目的の宿に着く頃には四辺はすっかり暮色に包まれ、空の雲にだけ、血を思わせるような赤い不気味な光が漂っていた。

7

海岸に近づくにつれ海鳴りのゴウゴウという音が腹にひびいてきた。吹きつのる風は海水の霧を運ぶのか、潮の臭《にお》いと味がする。

「大友屋《おおともや》」という屋号の民宿は海岸を見下ろす斜面に建っている。表札には「大友義夫《よしお》」とあるから、苗字《みょうじ》をそのまま屋号にしたということだ。大友屋の脇から暮色を透《すか》して、荒れ狂う海面がぼんやり望めた。

この辺りには何軒かの民宿が並んでいるらしいが、季節はずれのこの時期、どこも営業している気配はない。

坂口が訪れた時、大友屋には老婆《ろうば》と幼い孫娘がいるだけであった。

「井沢さんから話は聞いとりますけ、どうぞ上がっておくれやす」

老婆に聞くと、主人夫婦は鉄橋事故に駆けつけたきり、戻ってこないのだそうだ。

「わしら、そげな事故の現場、怖《こ》おうてよう見れへんですわ」

老婆はしきりに首を振った。

「お知り合いの人も亡くなったのではありませんか？」

坂口は訊いた。

「はい、亡くなりはった人もいてる思いますけど、まだ詳しゅうは聞いておりまへんさかいに」

そういう辛い話はあまり聞きたくないし、話したくもない——と言いたげだ。

日が暮れるとまもなく、この宿の主人夫婦が戻ってきた。よほど奮闘したとみえ、二人とも作業用の衣服が泥塗《まみ》れになっている。

「いま、井沢警部さんから聞いてきました。ようおこし」

主人の大友義夫は言った。井沢の階級は「警部補」なのだが、民間の人間にとっては、警部も警部補も区別がつかないのかもしれない。坂口もべつに訂正することはないので、黙っていた。

しばらくは事故の話で持ちきりになった。聞きたくなさそうな顔をしながら、老母もけっこう興味があるらしく、事故の模様を根掘り葉掘り問い質している。

「死んだんは、あらかたカニ工場の女衆だったということや。わてはよう見いへんやったけど、中にはむごい死にようの人もおったちゅう話やった」

何しろえらいことだ——と、疲れも手伝ってすっかり気分が沈み込んだところで、大友は気を取り直したように「さあ、風呂だ、食事だ」と妻を追い立てるように元気づけた。

旅館を取りそこなった報道関係の連中が三人、宿を求めてやってきた。

「こんな時期なもんで、大した御馳走《ごちそう》も出来へんが、それでもよろしゅうおまっか?」

大友は一応、断りを言ったが、いいも悪いもないということで、客は部屋に通った。

しかし、謙遜《けんそん》したにもかかわらず、食卓はなかなかのものであった。井沢警部補が言っていたとおり、料理は素朴だが、魚が新鮮な分だけ旨《うま》い。都会の人間にとっては、それだけでも満足すべき要素なのだ。

地酒を汲《く》み交わしているうちに、客同士も打ち解けて、報道の連中は坂口の素姓を聞きたがった。

「東京の警視庁の刑事さんやそうですよ」

大友の嫁さんがバラしてしまった。

「へえー、警視庁からもう来たのですか、ずいぶん手回しがいいな。そうすると、事故調査は警視庁自らの手でやるということですか？」

「まさか」

坂口は笑った。

「そうではありません。私はただ、旅行の途中、通りかかっただけの人間です」

「そうすると、ほかの事件を捜査している途中というわけですか？」

記者は食い下がる。何でもいいからネタにしたい——という職業意識が剝《む》き出しだ。

「いや、ごくプライベートな旅行ですよ」

「しかし、ただの旅行でこんなところに来るというのはおかしいですね」

「参ったなあ、これじゃ、どっちが刑事か分からない」

坂口は観念したように義兄の写真を取り出した。隠してみたところで、どうせ明日になればこの写真を持って、この付近を聞き込みに回らなければならないのだ。その時になってバレたら、なおさら疑惑を持たれるにちがいない。

「姉の亭主が家出をしましてね、この辺りで見たという人がいたものだから、休暇を利用して捜してくれと頼まれたのです」

テーブルに写真を載せた。

記者は（何だ、そんなことか——）という顔をしながら、それでもお義理のように写真を順ぐりに回している。

「どうです？　こういう顔に見憶えはありませんか？」

記者に言われて大友夫婦も覗き込んだ。

「そういえば、どこかで見たことがあるような顔ですなあ」

大友夫人が写真を手に取って、しげしげと眺めた。

「えっ？　見たことがあるのですか？」

坂口は勢い込んで訊いた。

「いいえ、そないにはっきりしたもんやないけど、なんとなく……」

「どこで……いつ見たのですか？」

「そう言われても、よう分からへんけど……もしかしたらお客さんやったのかもしれへんし……いや、違うわねえ、違うところで見たような気イがしますなあ」

「ほんまかいな？　ええかげんなこと言うたら、かえってご迷惑やで」

亭主が横から言った。余計なことを言って、面倒なことにならないようにしろ——と、暗に警告している。

「いや、迷惑なんてとんでもない。間違っていても何でも結構ですから、なるべく思い出してやってください。姉は一人娘を抱えて困っているのです」

坂口は懸命に口説《くど》いた。それに励まされるように、大友夫人は脳味噌《のうみそ》を搾るように眉根を寄せている。

「そうや、この人、カニ工場のところで見た人やないかしら」

「カニ工場？……」

一同は顔を見合わせた。

「カニ工場というと、あの事故で潰れた工場ですか？」

「はい、いえ、でも見たのはずいぶん前のことですけど……あれ？……」

夫人はギョッとしたように夫の顔を見た。

「何や、どないした？」

大友も不安そうに妻を見返す。

「もしその人やとしたら、あれは確か、和泉《いずみ》さんと会うてはったんやわ」

「イズミ、ですか？……」

今度は坂口が驚きの声を発した。テーブルを囲んだ五人の視線が、いっせいに坂口に集まった。

「あ、あの、そのイズミさんというのは、人の名前ですよね、もちろんそうですよね？」

自分の驚きに自分でうろたえて、坂口はしどろもどろになった。

「はい、そうですけど」

大友夫人は不思議そうに坂口を見た。

「イズミというのは、その、ただの泉――つまり白の下に水を書く泉ですか、それとも和泉《わいずみ》ですか？」

「和泉のほうやと思いましたけど」

「そうですか……和泉ですか」

坂口は唾《つば》を飲み込んで、気持ちを落ち着けようと努めた。しかし身内から込み上げる興奮と緊張は抑えようがない。ぐい呑《の》みを摑《つか》んだ手が震えて、テーブルの上でカタカタと音を立てた。

8

坂口の様子がふつうでないので、薄気味悪く思ったにちがいない。大友夫人はオズオズと訊いた。

「あの、そしたら、お客さんが捜してはるお人も、和泉さんいわはるのですか？」

「いや、そうではないのですが、ただちょっと……」

坂口は言葉を濁して、

「それより、この写真の男——義兄と思われる人物が会っていた和泉さんというのは、男性ですか、女性ですか？」

「和泉さんは女性です。というても、うちのお母さんと同じくらいの、まあ言うたらおばあさんやけど」

「ここの土地の人ですか？」

「いえ、ほんまはよその人ですけど、でもだいぶん前から余部に住んではります。私が子供の頃からやさかい、もう二十年以上になるのとちがうかしら。なあお母ちゃん」

「ああ、そんくらいになるやろ」

母親は言った。どうやら話の様子から察すると、大友夫人は家付きの娘で、亭主は養子らしい。

「旦那さんいうのが土木関係の人で、この辺りの海岸で大きな工事があった時に余部に入りはって、その後、旦那はんは亡くなりはったんですけど、奥さんのほうはそれからずうっとここに住んではります」

「その人の家は知ってますか？」

「はい、そら知っとりますけど……あの、訪ねて行かはりますの？」

「ええ、今夜にでも行ってみたいですね」

「それ、あきまへん」

夫人は慌てて手を横に振った。

「どうしてですか？」

「どうしてって、和泉さん、いまさっき亡くなりはったさかいに」

「えっ？　亡くなった？」

　坂口はあっけに取られた。

「亡くなったって、それじゃ、さっきの事故で？」

「はい、病院へ運ばれてから死にはったそうです」

　坂口は全身の血が失われるような衝撃を感じた。それは「和泉」という名前を聞いた時以上のショックだった。砂漠でオアシスに辿りついたと思ったとたん、それが蜃気楼《しんきろう》であったような、手ひどい打撃だ。

「その和泉さんには、子供さんはいないのですか？」

「ええ、いてはりません」

「それじゃ、カニ工場で会っていたその男の人は何者なのでしょう？」

「あら、それはお客さんのお兄さんとちがいますの？」

　逆に訊かれて、坂口は「あっ」と胸を衝かれた。

「ええ、そう、そうですね、もしこの写真の主であれば、ですが……」

　かろうじて、しどろもどろに応じた。

「はあ、それもそうですなあ、ご本人かどうか……私かて、そんなに近くで見たわけやないし、でも、よう似てはる思いますけど」

　夫人はあらためて写真に見入って、しきりに首を傾《かし》げている。

「見たのはカニ工場の前ですか？」

「はい、私が車で通りかかった時、工場から少し行ったところに車が停まっていて、和泉さんとこの男の人——やと思うけど——が立ち話をしてはったのです」

「どういう感じでした？　その、つまり、親しそうだったか、それとも、単に道を訊いているような感じだったか……」

「そら、道を訊いてるようなんとはちがいましたわ。親しそういうか、笑ってるというのではなかったけど、何やら深刻そうに話してはりました」

「たとえば、それは、親子みたいな雰囲気でしたか？」

「そうですなあ、知らん人が見たら、親子か思うかもしれまへんなあ……そういえば、その男の人、和泉さんに何か渡してはったけど、あれはお金とちごうたかしら？」

「ほう、お金を渡していたのですか？」

「たぶん……そやけど、私は通り過ぎただけやし、そうはっきり見たわけでないし」

「それはいつ頃のことですか？」

「ええと、あれは十月の初め頃やった、思います」

「その時見た車ですが、車種は何だったか憶えていませんか？」

「確かトヨタのマークIIやったと思います。ちょうど私らも、車を買い換える時期で、主人とマークIIがほしい言うとった頃で……結局、うちらには高すぎて、よお買えまへんでしたけどな」

坂口の胸のうちでは、その人物が義兄の双子の兄弟である——という思いがほぼ百パーセント固まりつつあった。あとはそれをどうやって証明し、その男をどうやって捕捉《ほそく》することができるか——だ。

「坂口さん」

それまで興味深げに坂口と夫人の会話を聞いていた新聞記者が、言った。大阪毎朝の宮島《みやじま》と名乗った。まだ三十前ぐらい、坂口とほぼ同年配の男だ。

「何やらいわくがありそうな話ですねえ。その男、坂口さんの義理の兄さんとかいう人は、本当はいったい、どういう素姓の人物なのですか？」

「どういうって、べつに、ただのサラリーマンです」

「ふーん、で、和泉というおばあさんとの関係は何なのです?」

「さあ、知りません」

「それにしちゃ、さっき『和泉』という名前を聞いた時のあなたの驚きようは、ただごとではなかったですよ。ほんとは何かあるのでしょう?」

「いや、べつに何もありません」

「そうかなあ、正直にゲロしたほうがいいんじゃありませんか?」

記者は言い、ほかの仲間と一緒に笑った。坂口もそれに合わせて笑ったが、頰《ほお》がひきつるのを隠しようがなかった。

9

翌朝の新聞には、犠牲者の中に「和泉正子《まさこ》」という名前があった。音だけだと女優の名前と同じだ。年齢は五十九歳。まだ「おばあさん」と呼ぶには早すぎる。

食事のあと、坂口は大友屋の主人の運転する車に乗せてもらって、香住町役場へ向かった。香住町役場は余部の集落から国道一七八号線を東へ十キロ近く戻った、香住町の中心街にある。

途中、余部鉄橋の事故現場に立ち寄った。昨夜来のテレビや朝刊で、事故の大きさや問題点などについて、詳細に知らされている。そういう目で見ると、あらためて「大惨事」のイメージが生々しく伝わってくる。

事故からすでに丸一昼夜を経過しているというのに、現場の片付けにはほとんど手がつけられていない状況だ。交通はむろん遮断されたままである。この分だと、警察の現場検証だけでも、かなりの時間を要するにちがいない。

そういう風景を眺めながら、坂口は胸の中で「和泉」という女性の冥福《めいふく》をひそかに祈った。彼女がどういう素姓の人間であるのかも知らず、「謎の男」との関係もまだはっきりしないけれど、姉夫婦や和代、それに坂口自身とのあいだに、見えない糸が繋がっていたのだ——という想いがしきりに湧く。

その糸が、切れた。たぐり寄せようとした目前で、切れた。運命という名の容赦のない怪物の存在を、坂口は感じないわけにはいかなかった。

豊岡署の井沢警部補の顔を見つけて、坂口は「御苦労さま」と声をかけた。井沢は疲れきった顔で「やあ」と笑って見せた。こういう最中でも笑顔をつくる日本人というのは、外人から見ると気味が悪いのだそうだが、坂口も思わず笑顔になった。

「宿はいかがでした?」

「ええ、お陰さまでゆっくりさせてもらいました。料理もよかったです」

「そう、それはなによりでしたなあ」

すこぶる場違いな会話を交わしてから、坂口は言った。

「カニ工場の関係者を誰か紹介していただけませんか」

「そしたら、社長でいいですか?　あそこにいますから」

井沢は坂口の後ろの方向を指差した。

被害の最大の犠牲者を出した問題のカニ工場の経営者は、事故の惨状を前にして、茫然自失の体《てい》で佇んでいた。井沢の紹介で坂口と挨拶を交わしていても、社長の目はうつろのままだ。

「亡くなった和泉正子さんという女性のことについてお訊きしたいのですが」

井沢が現場のほうへ立ち去るのを待って、坂口は言った。

「はあ……」

社長はあまり歓迎しない様子で答えた。

「和泉さんにはご家族はいなかったのですか?」

「ああ、いてまへん、独り暮らしです」

「一緒には住んでなくても、よそに子供さんがいたとか、そういうこともないのでしょうか?」

「子供もいてませんな」

「そうですか……じつは、和泉さんには息子さんがいると聞いていたのですがねえ」

「そうですか……え? 息子さんが?」

生返事をしていた社長は、さすがに聞きとがめて、真面目《まじめ》な視線を坂口に向けた。

「息子がいたというのですか? 知りまへんで。まさか……そげな話、聞いたこともありまへん。何かの間違いでっしゃろ」

「しかし、和泉さんは二十年前にここに来たのでしょう? それ以前のことは社長さんもご存じないんじゃありませんか?」

「そらまあそうですけど、しかし、二十年のあいだ、ここに住んではって、一度もそないな話は聞いたことがないですからなあ。いや、もちろん和泉さんも子供がいてるなんちゅうことは話したことがおまへんで」

「そうですか……」

坂口は自信がグラついてきた。

「和泉さんのところに、若い男の人が訪ねて来たことがあるはずですが、ご存じありませんか？」

「ああ、それはあった思います。わしは見たことおへんが、うちのパートの女衆が見た言うてたのを聞いたことがありますで。そやけど、あれは保険のセールスマンやとか言うてたんとちがうかな」

「その見たという女の人と会わせていただけますか？」

「いや、それがあきまへんのや」

社長は悲しい顔をした。

「この事故で亡くなりはったのです」

坂口は言葉を失った。それでも気を取り直して訊いた。

「和泉さんに若い男から電話がかかったとか、そういうこともご存じないですか？」

「ああ、それやったら、わしも一度か二度、受けたことがありますな」

「何ていう人か憶えていませんか」

「さあ、何て言うたやろ……確か平凡な名前やったと思うけど」

「平凡というと、ありふれた名前ですか？」

「そうですな」

「佐藤とか、高橋とか」

「そういった名前です、いや、佐藤、高橋ではありまへんけどな」

「田中、鈴木、山田……」

「そない言われても、分からしまへんがな」

社長は悲鳴のような声を上げたが、その直後、「あ、そうや、山本や」と叫んだ。

「えっ？　山本ですか？」

質問していた坂口のほうが、社長よりもさらに大きな声で叫んだ。

「山本と名乗ったのですね？　間違いありません

か？」

「ああ、間違いおへん。うちに山本という営業の者がおって、その男からかかってきたのかと思うたので、憶えてますのや。それに、最近、女の人で山本いう人からもかかってきてましたな」

「山本、ですか……」

なんということ――と、坂口はまた頭が混乱してきた。女性の「山本」が宮津の八重子であることは想像できるが、男の「山本」とはいったい何者なのか？

しかしカニ工場の社長には、それ以上、訊くべきこともなかった。坂口は礼を言って、ふたたび大友屋の車に乗った。

香住町役場もごった返していた。兵庫県の北辺にあるこの町にとって、余部鉄橋事故は未曾有《みぞう》の大事件といっていい。事故処理の応援に、役場の人員の半数が出動しているという話であった。

犠牲者に関する問い合わせも殺到して、住民係は多忙をきわめている。その中を縫うようにして、坂口は和泉正子の戸籍について調べてもらった。係の女性は相手が警察ということもあってか、優先的に事務処理を行なってくれた。おそらくは、犠牲者の遺族関係を調べているとでも思ったにちがいない。

交付された和泉正子の戸籍謄本を見た瞬間、坂口は思わず涙ぐみそうになるほどの感動を覚えた。そこには正子と夫・和泉謙吾《けんご》の長男として「国夫《くにお》」の名前が記載されていたのである。

その出生年月日は「昭和二十九年十月二十日」。まさに山本民夫のそれと同じ誕生日であった。その日に「国夫」「民夫」という双子の兄弟が生まれた。「国民」を二つに分けただけの命名というのが、祝福を籠めてなのか、それともおざなりな気持ちでのものなのか、坂口には後者の印象が強かった。

　この兄弟は生まれた瞬間から、祝福されない人生を歩き出したのではないか――と思った。

　戸籍謄本によれば、和泉謙吾と正子（旧姓矢田）の婚姻は、国夫出生から遅れること三十二日の日付になっている。それでいて、国夫は和泉謙吾の嫡出子として戸籍に記載されているわけだが、その辺のカラクリがどうなっているのか、坂口に知識はなかった。

　ともあれ、双子の片割れと思われる人物が「和泉」という、まさに和泉式部に通じる名前の持ち主であることが分かった。

（やつはどこにいるんだ？――）

　坂口の猟犬のような刑事魂が、ひさびさ蘇《よみがえ》ってきた。

第五章　和泉式部伝説再び

1

豊岡から宮津までは宮津線が走る。その列車の中でも、乗客たちは余部鉄橋の転落事故の話題で持ちきりだった。この辺りに住む人々にとっては、山陰本線は切っても切れない生活路線なのだ。

ボソボソと低い声で話を交わす人々の中にいると、坂口はなんだか自分だけがこの世界では浮き上がった存在のように思えてしまうのだった。

どこどこのだれだれの嫁が余部の出身で、気が強いのがどうの——とか、話題は本筋の「事故」から離れてどんどん広がっていってしまう。しかし、それでいて、いつのまにかまた事故に結びつく話題に戻ってくる。

この地方に住む人たちがすべて、そんなふうに閉《へい》塞《そく》された話題そのままの生き方をしているわけではないだろうけれど、そんなふうに噂《うわさ》される自分を想像するだけでも、坂口にはやりきれない。

義兄の山本が宮津を出たまま、お盆休みや正月にも帰ろうとしなかったのは、山本の実家の冷たさに原因があるのかと思っていたけれど、じつは、そのことよりも、そういったこの土地の風土が持つ、ある種の重さがうっとうしかったせいかもしれない。

宮津駅からタクシーで真っ直《ま す》ぐ山本家へ向かった。歩いても知れた距離だが、この際はタクシーで乗りつけたいという、気負ったものが坂口の中にあった。

門の前で、ちょうど出掛けようとしている八重子と出会った。

「あら……」

八重子は車から降り立った坂口に大きく口を開けて、潜《くぐ》り戸《ど》に身を屈《かが》めた姿勢のまま、動きを止めた。

「余部へ行ってきました」

坂口はニッコリ笑いかけて、言った。

「余部に？……」

八重子はそれとは対照的に、ギョッとして目を見開いた。

「ええ、鉄橋の転落事故を見ましたが、ひどい事故でした」

「そうですか……」

八重子は潜り戸を出て、態勢を立て直すように、背筋を伸ばした。

「そしたら、東京からわざわざ事故のことでお越しになりはったのですの？」

「いや、事故は偶然です。余部へ行く途中、たまたま僕の乗った列車が城崎に停車している時、列車が転落したのです」

「そうしますと、余部には何か？」

「ええ、ちょっと気になることがありましてね、それを確かめようと思って」

「…………」

「じつは、和代の誘拐事件のことを調べているうちに、面白い事実が浮かび上がりましてね、それで余部へ行ったら、今度はまた大変な事件にぶつかったというわけです。しかも、その結果がなんとも悲しいことになりました。で、そのことをぜひお話ししたくてお邪魔したのです」

「はあ……」

八重子は困惑しきった感じで、眉《まゆ》をひそめた。

「せっかくお越しやしたのになんですけど、私はこれから出掛けなければならないものですから」

「いや、今回はあなたではなくて、お父さんにお目にかかりたいのです」

「父に？」

八重子はいっそう当惑げな顔になった。

「ではどうぞお出掛けください。僕はお邪魔させていただきます」

坂口は八重子の当惑にはお構いなしに言って、潜り戸の中に入った。

「あの、父に何を……どういうご用事なのでしょうか？」

八重子は背後から気掛かりそうに言った。

「和泉正子さんが亡くなったことについてお話ししようと思っています」

「えっ？……」

驚きのあまり、思わずよろめいた。

「あなた、そしたら、そのこと知ってはりましたの？」

「知っていたわけではありませんが、今回の調査で明らかになりました」

「ちょっと、ちょっと待っとくれやす」

八重子は屋敷の中を気にしながら、坂口の腕を摑《つか》んだ。

「それで、そのことお父はんにどない言うてお話ししやはるのですの？」

「さあ、どう言うか、僕にも分かりません。とにかく疑問に思っていることすべてをお話しして、事件の背後にあるものを洗い出せれば——と思っています」

「事件の背後いうて……」

顔色がサッと白くなるのが分かった。

「じつは八重子さん」

坂口は潜り戸の中から言った。感情を抑えた平板な口調になっている。これは刑事特有の口調であることを、坂口は自覚している。同時に、坂口の目もまた刑事のそれになっていた。

「和代の身柄が解放された理由が、僕にはおぼろげながら分かりましたよ」

「あの……」

八重子は哀願するような声を出した。

「そこの喫茶店に行ってお話ししていただけまへんか？」

「しかし、お出掛けじゃないのですか」

「ええ、でも、ちょっとくらいやったらかましまへんよって」

一刻も早く門の外にと思うのか、もう背中を向けて歩きだしている。坂口は苦笑して八重子に従った。

2

山本家からかなり離れた街角の喫茶店に入った。客は疎《まば》らで、カウンターからも距離があるテーブルに坐《すわ》った。

「坂口さんは和代ちゃんのことで、何を知ってはる言いますの？」

八重子は神経質そうに、おしぼりで指先をこすりながら言った。

「ですからね、和代を救出するために、あなたが何をなさったかということが分かったのです」

「私が?」

「そう、前にも言ったように、そういうことができるのは、あなたをおいてほかにいませんからね」

「私が何をした、言わはりますの?」

「あなたが和泉正子さんに電話して、誘拐を中止するように工作したのでしょう?」

「………」

「ほんとのことを言うと、はじめ、あなた自身が犯人側に折衝したのかとも思ったのですが、それはあり得ないと思い返しました。あなたが犯人に方針を変えさせることが出来るほど、影響力を持っているとは考えられませんからね。それで、そういう人物は誰かと思い悩んでいる時に、和代が双子のマラソンランナーのことを言ったのですよ。ほら、宗《そう》兄弟というのがいるでしょう。それで、もしや――と思ったのです」

坂口は唇を濡《ぬ》らすために、ぬるくなったコーヒーを飲んだ。

八重子は黙って、砂糖も入れていないコーヒーを眺めている。

「山本さん――民夫さんに双子の兄弟がいるということなら、いままで謎《なぞ》だったことがいろいろ分かってきます。あとは民夫さんの本当のお母さんが誰で、現在どこにいるのかが分かれば、事件は一挙に解決するはずだったのです」

坂口はしだいに激情が吹き出しそうになるのを感じて、辛《かろ》うじて自分を制御した。

「ところが、あなたにしろ山本さんのお父さんにしろ、その問題に触れられるのを極端に嫌っていた。いっそ、身内としてでなく、警察権を行使してでも、あなた方の口を開かせようかとさえ思いましたよ」

坂口が片頰《かたほお》を歪《ゆが》めて笑ったのに対して、八重子は不安そうに唇をすぼめた。

「しかしそうするまでもなかった。それというのも、和代のお陰です。あの子が余部という地名をわずかに憶えていてくれたのです。誘拐犯の一人が民夫さんにそっくりの男に向かって『余部へは行かないのか』と言ったらしい。僕はその言葉に、あたかも余部へ行くのが当然であるかのようなニュアンスを感じたのです。その瞬間に、余部に何かがあると思いました」

坂口は話しながら、いまになって思えば、それが岡部警部の言う「勘」なのだ――と気がついた。捜査員の資質としてもっとも大切なものは「勘」だ、というのが岡部の持論であった。

和代の頼りない記憶と、とりとめもない言葉の端だけで、あれほど余部行きに駆り立てられたのは、たしかに論理ではなく、「勘」と言うしかない何かの力が作用したためだったのだ。

（そうすると、このおれもようやく一人前の捜査員らしくなったというわけかな――）

話題とは関係のない空想が、坂口の表情をまた柔らげた。

それとは逆に、八重子は不吉なものが刻々姿を現してくるような気持ちがするのだろうか、溜《た》めていた息を吐いて、肩を落とした。

「そこまで知ってはるのでしたら、隠していても仕方ありませんわね。でも、なるべくやったらこの話は父にはせんといていただきたいのです。民夫さんと裕子さんがああいうことになって、坂口さんが見えて、それに和代ちゃんが誘拐される騒ぎが起きて、そのたんびに父は体調が思わしくのうなってます。ああいう性格やさかい、鼻っ柱は強そうなことを言うてはりますけど、お医者さんの話によると、それだけに発作が起きれば危ないのやそうです」

「分かりました、あなたにお話が聞ければ、たぶんもうお父さんにお目にかかる必要はないと思いますよ」

坂口は八重子の条件を諒解《りょうかい》した。

「勝手言うて、どうもすみません、ほんまやったら、もっと早《はよ》うにあなたにお話しするべきやったのでしょうけれど、そうせんかったのは、申し訳ない思うてます」

溜息《ためいき》と一緒に、八重子は呟《つぶや》くような低い声で話しだした。

「それでも、民夫さんのお母さんのことは、私かて山本の家に嫁に来るまでは、ぜんぜん知らんかったのです。ましてや、民夫さんに双子の兄弟がいることなど、長いこと知りまへんでした。そんなもんやから、はじめて国夫さんに会《お》うた時には、てっきり民夫さんかと思って——あ、国夫さんというのが双子のもう一人やいうこと……」

「ええ、知ってますよ」

坂口は頷《うなず》いて、話の先を促した。

「国夫さんは山本の家を恨んではるのです。いえ、家いうよりも、もちろんお父はんのことをでしょうけれど、そら恨むいうより、呪《のろ》ういうたほうがええくらいに恨んではるみたいでした。こんなこと私の口から言うたらいけんかもしれへんけど、国夫さんがそないに恨むいうのも無理ないことや思います。双子の兄弟として生まれはったのに、民夫さんのほうは宮津でもトップクラスの裕福な家に実子として入籍したのに、自分のほうはまるで捨てられたも同然の貧しい家に残されはったのですものね」

「なぜ二人が別々になったのですか？」

「もう三十何年も昔のことやし、私がお嫁に来る十何年も前の話です。詳しいことまでは分かりまへんけど、おそらく、それが民夫さんを引き取る際の条件やったのとちがいますやろか」

「条件？」

「ええ、お父はんが矢田正子さんいう女性に産ませた子が双子やった。二人は引き取れんので、民夫さんだけを引き取るいうのが、山本の家が正子さん側に示した条件やったと思います」

「そうすると、和泉謙吾という人は、そのことを承知の上で正子さんと結婚したわけですね？」

「はあ、そうです。どうしてかいうと、和泉さんいうのは、もとから山本の家に世話になっとった人で、言うたら正子さんを押し付けられはったいうことです。なんぼか持参金をつけて、宮津を離れて暮らすようにせえ言われはったんやと思います」

「ずいぶん横暴な話ですねえ」

坂口は義憤を覚えた。八重子は「すみません」と頭を下げた。

「いや、あなたが悪いわけではありません」

坂口は苦笑した。

3

「ともかく、それで双子の兄弟の出生の謎が分かりました。しかし、余部に住むようになった時には、和泉さんの家には息子さん——国夫さんはいなかったようですが？」

「そうですか、そのへんの事情も私にはよう分からしまへんけど、ただ国夫さんいう人は子供の頃からグレはって、何度も鑑別所いうのですか？　そういう所に入ったり、悪い仲間といてはったり、家には寄りつかんかったのやそうです。和泉さんが余部へ引越しはったんのも、その土地にいられんようになって、仕方のうて行きはったとか、聞いたことがあります」

「それにしても、あなたはずいぶん、いろいろなことをよく知っているのですね。どうしてですか？ それに国夫さんに会ったと言われたが、どうして国夫さんと会うようなことがあったのですか？」

「ある時期——そうですねえ、もう八、九年にもなりますやろか——その頃、国夫さんは山本の家に恐喝みたいなことをしに来やはったのです」

「恐喝？」

「はあ、私がはじめて会うたのもその時でした。夜の九時頃やったと思います。いきなり入ってきて、親父《おやじ》に会わせろ言うて。私はてっきり東京の民夫さんが来やはったとばっかし思うてましたから、何が何やらさっぱり分からしまへんでした。そしたら『国夫が来たと言えば分かる』言わはって……」

「なるほど、それで民夫さんに双子の兄弟がいることを知ったのですね？」

「ええ、そのあと、主人の口から、最前言うたみたいな、おおよその事情は聞きました。けど、その時はもうびっくりしてしもうて、これはえらいことになる思うて……」

「相当、きついことを言ったのですね？」

「はあ、私には言いませんでしたけど、奥の部屋に入ってから、お父はんには怖いことを言うてはるのが、廊下にまで聞こえてきてました」

「何だと言って恐喝したのですか？」

「それが、あまりよう分からしまへんのです。とにかく金を貸してほしい言うてることは聞こえましたけど、なぜかいうのは——もしかすると、べつに理由も何もなかったのと違いますやろか」

「理由がないのですか？」

「へえ、ただ、あんたの息子が刑務所に入るようなことにでもなったら、困るんやないかと、そういうことを言うてはったみたいでした」

「むちゃくちゃな言い分ですね」

「はあ、山本の家は宮津では指折りの名家ですので。何よりも名誉を重んじるのですけれど、そういうところに付け込んだ脅しやったと思います。それでも父は、おまえなんかわしの息子ではない言うて、突っぱねはったんですけど、『そない言うんやったら民夫と並んで街中を歩こうか』と言うて……」

「なるほど、それにはお父さんも参ったでしょうね」

「ええ、仕方なく、父はなにがしかのお金を渡してはったみたいです」

「しかし、そういう恐喝は一度味をしめると、あとを引きます」

「そうなのです。それからも月に一度くらいのペースで、何度も現れてはお金をせびって行かはりました。そんなもんで、山本家の民夫さんに対する風当たりはますます強うなって、お嫁さんをもらいはった時かて、ほとんど何もせんかったのです」

「つまり、お父さんにとっては、民夫さんまでが、いわば敵の片割れみたいに思えてきたというわけですか」

坂口は苦い顔をして、言った。

「そうやと思います」

八重子は頷いた。

「そうすると、このあいだ和代が宮津駅から誘拐された時も、お宅に恐喝に来たのでしょうか？」

「いいえ」

八重子は何度も首を横に振った。

「恐喝は三年前あたりからプッツリ無《の》うなってしまったのです」

「ほう、それはまたどうしてでしょうか？」

「分かりません。とにかく来んようになったのです。ただ、最後の時に、長いこと世話になった言うて、もう来《き》いへんような口振りでしたさかい、何かええ仕事でも見付かったんとちがうか、思うてました」

「ふーむ、そうですが……」

恐喝を止《や》めて、しかもやつはマークIIを乗り回すほど、経済的にゆとりができたということらしい。いまどき、不景気風の吹き荒《すさ》ぶこの世の中で、それも素行の悪い男に、そんな結構な仕事がはたしてあるものだろうか？　もしあるなら、おれだって商売替えしたいくらいだ――と坂口は思った。

「しかし、だとすると、あの時、和泉国夫は宮津には何をしに来たのですかね？」

坂口は首を傾げた。無意識のうちに国夫の名前を呼び捨てにしていた。

「さあ？……」

その件についいては八重子もまったく思い当たることがないらしい。

坂口は八重子の車で和泉式部の墓を訪ねる途中、和代が「あっ、パパだ！」と叫んだ時のことを思い出した。

「和泉式部の墓へ行く道ですが、あの道をどんどん行くとどこへ通じているのですか？」

「は？……」

突然、妙な質問をされて、八重子は面食らった。

「あなたの車で案内していただいた時、和代が『パパだ』って言ったでしょう。その時は車種までは確認しなかったけれど、おそらく国夫の車だったと思うのですよね。だとすると、彼はいったいどこから宮津へ入ってきたのか、それが分かれば、彼のアジトも分かるかもしれませんか」

「はあ……あの道は山中《やまなか》という、あのお墓のある集落を通って、坂戸峠いうところを抜けて、それから……たしか結局は宮津街道——国道一七五号——へ出ることになるのやと思いますけど。でも、道は狭いですし、遠回りになるし、わざわざ国道を折れてあの道を通って宮津に入るいう人はいませんわね」

「だとすると、やはり彼も和泉式部の墓に行ったのかもしれませんね」

「そうでしょうか？」

「それはそうと、和泉国夫の住所は分からないのですか？」

「ええ、知りません」

「しかし、彼の母親——和泉正子さんの住所はご存じだったじゃありませんか」

「はあ……」

八重子は一瞬、脅《おび》えた表情を浮かべた。

「あの、そのこと、父には黙っといてください。なぜかいうと、じつは父や主人には内緒にしとったのです。私なりに国夫さんのお母さんのこと、気にかかったものですから、住所を調べて……最初の住所から五度も移ってはったので、難儀しましたけど、ようやく余部にいてはることをつきとめて、いちど会いに行きました。その時には和泉さん——ご主人は亡くならはっていて、正子さんは独りで住んではりました。もちろん、そこには国夫さんもいないいうことでした。それでも電話はしょちゅうかけてくるし、あれで結構、母親想いのところがある言うてはりましたけど、国夫さんの居場所はお母さんにも分からないいうことでした。国夫さんが絶対に教えないのやそうです。『悪いことしとるさかい、親に迷惑かけんように、縁を切っとるつもりなんやろ、電話も山本いう名前使《つこ》うてかけてきよるし、あほな子オや』と悲しい顔をしてはりました」

その和泉正子が死んだことを思い浮かべたのだろう、八重子はいまにも泣き出しそうになりながら、話をつづけた。

「それで、和代ちゃんがさらわれたと聞いた時には、まさかと思う気持ちと、危ないと思う気持ちとが半々で、とにかくお母さんに電話してみたのです。もし国夫さんから連絡が入ったら、そういう恐ろしいことは止めるように説得してくださいと言いました、そしたら、まもなく和代ちゃんが戻されてきたいうことを聞いて、ああ、やっぱり国夫さんの仕業やったのかと思って……」

八重子は暗澹《あんたん》とした顔になった。

4

和泉国夫という人物の存在がはっきりし、そのプロフィールが浮かび上がってくるにつれて、坂口は和泉が異常性格者といってもいいほどの、邪悪な犯罪者であることを思わないわけにいかなかった。

それは、もちろん、彼の不幸な生い立ちからきているものだろう。そのことについては同情に価するかもしれない。

しかし、彼と同じような不幸な星の下に生まれた者は無数にいて、その多くが、恵まれた生い立ちの者と同じように、真っ直ぐな道を歩いているのだ。彼だけが特別に許されるべき理由など、絶対にない。

坂口は正義感の強い男だ。情状はどうであれ、犯した罪に対しては仮借なく追及せずにはいられない。

しかも、もしこれまでの「捜査」で得た心証が間違いでなければ、和泉は坂口の最愛の者を二人も殺害したか、あるいは、少なくとも殺害者たちの仲間である可能性が強い。

（許さん――）

坂口は時代劇に出てくる正義漢の台詞《せりふ》のように、思った。

とはいえ、和泉が姉夫婦殺しの犯人である証拠は――ということになると、はたと当惑する。現実の問題として、福島県石川町の現場にも、それに栃木県矢板市の現場にも、有力な手掛かりとなるような遺留品あるいは痕跡などはなかったのだ。

わずかに状況証拠といえば、姉夫婦が家を出る前に交わした会話の中の「イズミ」という言葉である。「九時頃までに帰る」と言い残していたのだから、まさか矢板や福島の和泉式部の史蹟まで行くつもりではなかったことだけは確かだろう。

いずれにしても、まず最初に、和泉のアリバイを洗うことから始めなければなるまい。そのためには和泉国夫の所在をつきとめることが先決問題だ。

坂口は東京に戻ると、岡部に一連の報告をすませてから、まずそのことを提案した。

「いいだろう……」

岡部は即座に言った。

「それで、和泉なる男の所在は分かっているのかい？」

「それは簡単に分かると思います。やつは運転もするし、おそらくマイカーも持っているはずですから」

「そうか、それじゃ、交通センターのほうはともかく、陸運局の問い合わせは急いだほうがいい。たぶん明日で御用納めのはずだからね」

坂口は早速、交通センターの免許課と陸運局に問い合わせた。ところが、その結果、意外な事実がはね返ってきた。なんと驚いたことに、昭和二十九年十月二十日生まれの和泉国夫という人物の名前では、免許証も発行されてもいないし、自動車の登録もされていないというのである。

「そうすると、やつは無免許で運転をしていたということなのでしょうか?」

「まさか、そんな危険は冒すまい、違反で捕まっては、なおさら具合の悪いことになるだろうからね」

「はあ……」

坂口はまたわけが分からなくなってきた。

「それでは、いっそ全国指名手配をするのはどうでしょうか?」

「うーん、指名手配ねえ……」

岡部はあまり感心しない口振りだ。

「それも難しいだろうなあ」

「どうしてですか?」

坂口はムキになって、食い下がった。

「とにかくショッピいてハタけば、必ずボロが出ますよ。それに和代の誘拐未遂事件だって追及できますし」

「どうかなあ、そう簡単にゲロする相手とは思えないな。それに、和代ちゃんの誘拐といったって、車に乗せてくれと言ったのは、むしろ和代ちゃんのほうだったのだろう? しかも、警察が動く前に、ちゃんと和代ちゃんを返してくれている」

「しかし、ともかくやつの身柄を確保するためにはですね……」

「まあ待てよ。かりにだよ、指名手配をしたとしてだ、和泉を間違いなく警察の手で確保できると思うかい?」

「そりゃもちろん思いますよ、日本の警察組織はその程度の力は発揮するでしょう」

「ははは、かなり買いかぶっているようだな。しかしまあ、私も警察の一員として、われわれの組織を信頼したいので、それはそうとしておこう。だがね、私の考えでは、かりに警察の組織が優秀であったとしても、和泉国夫の身柄を警察が確保することはあり得ないと思う」

「なぜですか？　たったいま、警部は警察組織を信頼したいと言われたばかりじゃないですか」

「いや、それはそのとおりだけどさ、しかしその前に、和泉は消されてしまっているだろうからね、われわれが入手できるのは、せいぜい和泉の白骨化した死体だな」

「あっ……そういうことですか」

「これまできみから聞いた話を総合すると、どうやら和泉国夫という男は、何かの組織の人間か、あるいは組織に関係している人物と考えてよさそうだ。そういう人間が警察の指名手配を受けたらどういうことになるかといえば、まず大抵の場合、消される運命にあると思って差し支えない。現在は組織に貢献している人物といえども、組織に危険が及ぶということになれば、トカゲの尻尾《しっぽ》切りよろしく抹殺するのが、やつらの掟《おきて》みたいなものだ」

「…………」

坂口は反論のしようがなかった。たしかに岡部の言うとおりだろう。

「それでは、警部はどうすればいいと思われるのですか？」

反論する代わりに、坂口は岡部に質問をぶつけた。多少は口惜《くや》しまぎれの意味あいもあった。

「策はない」

岡部はあっさり言った。

「そんな……」

坂口は大いに不満だ。

「そんなの警部らしくもありませんよ。いつだって、警部は何かしらわれわれの捜査の指針になる智恵《ちえ》を授けてくれるじゃありませんか」

「そんなものがいつもあると思ってもらっちゃ困るな」

岡部は笑った。

「しかしまあ、せっかくだから何かヒントぐらいは出しておこう。その先は私にも分からないから、勝手に考えてもらうことになるが、それでいいかい?」

「はあ、それでもいいです」

「では言うが、待つことだね」

「は?」

「待つことだ、つまり、そいつが現れるのを待ち構えて、キャッチする」

「そんな……」

坂口は呆《あき》れた。

「そんなことおっしゃったって、いったい、いつどこに現れるかも知れない相手をどうやって待てというんです?」

「そんなこと私は知らないよ。だから言ったじゃないか、あとは考えろって」

「考えるったって、そんなの、考えようがないですよ」

坂口はほとんど悲鳴のように言った。

「おい、そんな、出来の悪いガキみたいな声を出しなさんな」

岡部警部は苦笑いをした。

「ぜんぜんアテがないわけでもないだろう。きみ自身が言ってたじゃないか、なぜ和泉式部なんだって……」

「は?……」

坂口は岡部の言ったことが、消化不良の状態で胸に痞《つか》えた。和泉式部が何だというのか——と訊きたかったが、岡部はそれ以上は取りあおうともしてくれずに、クルリと背中を向けてしまった。

5

和代にとって、今年の暮れはなんとも寂しく辛《つら》いものになった。

クリスマスはなんとか三上のおばさんの家で、賑《にぎ》やかにやってもらったけれど、三上家は正月休みに広島の実家へ行くという。

「もしよければ、和代ちゃんも一緒に」とおばさんは親切に言ってくれたが、和代は首を振った。

「ううん。悪いけど行かない。叔父さんがかわいそうだから」

三上夫人が「ほんとに感心なお子さんですわねえ」と感激して坂口に報告した時、坂口はあやうく涙を見せるところだった。

その坂口は大晦日《おおみそか》から五日間、休暇を貰《もら》えた。もっとも休暇とはいえ、いったんことが起これば、ポケットベルで召集されて、すぐに登庁しなければならないのだから、体《てい》のいい自宅待機みたいなものである。

それでも坂口は大晦日の朝から、和代を連れておせち料理を買いにマーケットへ出掛けた。生まれて初めての経験である。

そういう知識については和代のほうがむしろ詳しく、「これがいいわ」とキントンや蒲鉾《かまぼこ》のブランドまで教えてくれた。

時折、手を繋《つな》いで歩いているのが父親であると錯覚しそうになるのか、いちどなど「パパ」と言いかけて、慌てて言葉を飲み込むのを、坂口は見てしまった。

そうはいっても、和代が両親を失うという大打撃から、目に見えて立ち直りつつあることは坂口にも分かった。子供の順応性というのは、まさに驚異的だ。

玩具店に寄って、正月用に新しいトランプと二人で遊べるゲームも買った。

店先に百人一首が並べてあった。いろとりどりのパッケージには、大抵、十二単衣《ひとえ》のお姫様の絵が描かれている。

坂口の脳裏に和泉式部のことが浮かんだ。

「あらざらむこの世のほかの思ひ出にいまひとたびの逢ふこともがな」という、憶えたばかりの歌も思い出せた。

(なぜ和泉式部なのだろう?――)

ふいにその想いが衝《つ》き上げてきた。

佐賀県有明町、福島県石川町、それに丹後の宮津市と、なぜあんなに和泉式部がついて回ったのだろう?

(ただの偶然にすぎないのか?――)

和泉国夫の存在を知らないあいだは、姉夫婦の会話に出た「イズミ」が和泉式部を意味するものとばかり思っていた。だが、和泉国夫のことを知り、「イズミ」は彼を指しているのだということが分かってからは、この王朝女流歌人のことは、意識の上から急速に薄れてしまった。

しかし、やはり今回の事件に和泉国夫ではない、もう一つの「イズミ」が関わっていたことは、それ自体に何か意味があったのではないだろうか？

（岡部警部はそのことを言っているのかもしれないな――）

坂口は百人一首の「お姫様」を眺めながら、その想いにこだわった。

「叔父さん、行こう」

和代に催促されて、ようやくわれに返ったけれど、帰る道すがら、坂口はずっと和泉式部の幻影にとらわれていた。

「紅白を見るんだ」

和代はそう言って、そのために夕方近くになってから、長い「昼寝」をしたが、夕食の支度を始める頃には、ちゃんと起きてきてキッチンに立った。

無骨な独身刑事と幼い女の子という取り合わせは、どう見てもママゴト遊びだ。実際、和代のほうは坂口をダンナさまに見立てて、ママゴトを楽しんでいる気配すらあった。

甲斐《かい》がいしく食卓の準備をしたり、坂口が慣れない手付きで料理をするのに、あれこれ指図がましいことを言ったりするのは、明らかに母親がそうしていたのを真似《まね》ている。

そういう和代の相手を務めながら、坂口はしばしば胸に熱いものがこみあげるのを感じて困った。

ＮＨＫの紅白歌合戦も、年々下火なのだそうだ。去年はアナウンサーが「みやこ」と言うべきところを「みそら」と言ってしまう大トチリがあった。今年は加山雄三が「仮面ライダー」と叫んで、こっちのほうはむしろ大ウケにうけていた。

しかし、確かにどことなく低調であることは疑いがないように、坂口には思えた。

もっとも、和代は好きな若手グループが二つも出ているので、終始御機嫌でテレビの前から離れようとしなかった。

紅白が終わって「ゆく年くる年」が始まると、こんどは年越し蕎麦《そば》を食べると言い、インスタントの蕎麦を出してきた。

「熱湯は危ないから叔父さんがやるよ、和代はテレビを見ていなさい」

結局、坂口がカップ式の日本蕎麦を作って、こたつの上のテーブルに載せた。

テレビは奈良の寺からの中継で、重々しい鐘の音を聞かせていた。アナウンサーが東大寺の大仏の話をした。

「こないだのおばさんたち、奈良の大仏って言ってたの、これでしょ?」

和代がふいに言ったので、坂口は瞬間、何のことか分からなかった。

「ほら、新幹線の中で、おばさんたちが大仏さまのところで会いましょうって、そう言ってたじゃないの」

「ああ、そんなことがあったね」

坂口も思い出した。賑やかな四人組で、和代のことを坂口の娘と勘違いして、いろいろ面倒見てくれたっけ——。

「そうだよ、この大仏さんのことだよ」

言いながら、坂口は得体の知れない感覚に襲われた。(風邪かな?——)と思わせるような、背筋がゾクッとくる感覚だ。

——明日の十二時、大仏さまの前でね——

そう言って別れて行ったおばさんの顔が、アリアリと蘇《よみがえ》った。

いい待ち合わせ場所だ——と、その時は漠然と思った。たぶん奈良での待ち合わせ場所として、「大仏の前」ほど分かりやすい場所はないだろう。

奈良で落ち合うなら、大仏の前にかぎる。だったら、鎌倉で落ち合う時だって、大仏の前がいいか――。

ばかげた連想が、なんだか深刻な意味を持っているように思えるのはなぜだろう。

坂口は着想の本体が見えてこないのに苛立《いらだ》って、無意識のうちに、膝《ひざ》を細かく揺すっていた。

「叔父さん、貧乏ゆすり」

和代が注意した。

「お蕎麦、食べないの？」

坂口は愕然《がくぜん》として、われに返った。われに返ると同時に立ち上がって、狭い家の中を電話に向かって走った。

「はい吉川ですが」と女性の声が出た。声の印象からすると、吉川夫人かもしれない。

「夜分恐縮ですが、警視庁の坂口という者です、先生はいらっしゃいますか？」

「警視庁……ああ、いつぞや私の留守中に見えた方ね」

少し待たせて、吉川弘一の声に代わった。

「なんでしょう？」

あまり機嫌のいい口調ではない。年が明けた途端の電話が警視庁からというのでは、嬉しがれというのが無理だ。

「じつは例の和泉式部の墓について、お聞きしたいことがあるのですが」

「ははは、何かと思えば、こりゃ驚きましたなあ、正月早々墓の話とは縁起のいいことです」

「あ、すみません、気がつきませんで」

坂口は電話に向かって頭を下げた。

「で、それがどうかしましたか？」

「はあ、至急にお聞きしたいことがありますので、明日にでもお邪魔させていただきたいのですが、いかがでしょうか?」

「だめと言っても来るのでしょうな」

「はあ、まあ、そうです」

「じゃあ、十時に来なさい、ただし十分間だけ、いいですね?」

「はい、ありがとうございます」

電話が切れても、坂口はしばらく受話器を握っていた。その坂口を、和代がびっくりした目で見上げている。

「叔父さん、お正月なのに、またお出かけなの?」

「うん、あともう少しだ。和代もがまんして留守番してくれるだろ?」

「うん、いいけど、でも心配」

「大丈夫だよ、誰も来やしないよ、ほんの少しの間だからね」

「そうじゃなくて、叔父さん、疲れてるみたいだから」

「ははは、疲れてなんかいるもんか……」

ばかだな——と言おうとしたが、坂口はふっと脇《わき》を向いた。

6

「刑事さんも大変ですなあ、正月も休むわけにはいかないのですか」

吉川は同情してくれた。坂口は「はあ」と言ったが、個人的意志で来たことは黙っていることにした。

「じつは和泉式部の墓が全国各地に十以上もあるという、そのことについてもういちど、あらためてお聞きしたいのです」

坂口は挨拶が終わるとすぐ、本題に入った。吉川との十分間だけという約束を守るからには、急がなければならない。

「その土地その土地で、はっきり和泉式部の墓とうたって、たとえば観光名所なんかにしているところは、その中のどこどこか、それを教えていただきたいのです」

「ほう……」

　吉川は面白そうに目を細めて、坂口の思いつめたような顔を眺めた。平安文学になど、およそ縁の無さそうな刑事が、真剣に和泉式部に興味を抱いているのは、学者としてまんざら悪い気はしない。

「まあ、和泉式部の墓と称されているのは、かなりあやふやなものを入れれば二十幾つか、ひょっとすると三十以上あるかもしれませんがね、史蹟《しせき》もある程度ちゃんとしていて、地元の行政機関も力を入れているものとなると、そうですね、ちょっと書き出してみましょうかな」

　吉川は鉛筆を取って、メモ用紙に書いた。資料を見るでもなく、頭の中の記録を書き写しているといった感じだ。

京都府　京都市京極
京都府　宮津市
京都府　木津町
兵庫県　加古川市
佐賀県　有明町
千葉県　館山《たてやま》市
長野県　諏訪市
福島県　石川町
宮崎県　国富《くにとみ》町
高知県　土佐清水市
広島県　尾道市
岩手県　宮古《みやこ》市

神奈川県　南足柄市《みなみあしがらし》
「これ以外にも、丹波篠山《ささやま》だとか津和野《つわの》だとか、あちこちに和泉式部の史蹟はあるし、ここに書き出したものの中にも、生誕の地と墓とがゴッチャになっているのや、場所が曖昧《あいまい》なものが多いのだけれど、まあここに書いた所は、史蹟としてだいたいよく整備もされていると思ってもらっていいでしょう」

手渡されたメモを見て、坂口は無意識に数を数えた。

「十三カ所ですか」

「ほう、十三ねえ、偶然とはいえ、不吉な数字ですな」

坂口に言われるまで、学者先生も気付かなかったらしい。自分の書いたメモを興味深そうに覗き込んだ。

「しかし、これをどうしようというのですかな？」

「このうち、先生はどことどこに行かれたのですか？」

「むろん全部です。これ以外にも、とにかく和泉式部の史蹟があると聞けば、必ず行きましたよ。有明町の福泉寺もそうだが、ほかの何カ所かには二度、行きました。女房には評判が悪いですがね」

笑いながら言った。

「しかし、そんなにお墓があるわけはないのですから、中にはずいぶん眉唾《まゆつば》のものもあるのでしょうね？」

「あははは、眉唾といえばどれも眉唾かもしれないが、そういう言い伝えがあるという、そのこと自体に、何か歴史的な意義がある可能性もあるわけでしてね。無駄と分かっていても出掛けて行かなければならない場合だってあるのです。学問とは本来そのように、まことに非能率的なものですよ」

「はあ……」

坂口は頭を下げた。確かに、有明町にしろ福島の石川町にしろ、行くだけでもなかなか大変なところだ。そういう遠隔地を訪ねて、それなりに金儲《もう》けでもできるというのならともかく、研究の材料としてものになるかならないか分からないような対象に、時間と労力を惜しまないというのは、無縁の徒には到底、理解できそうにない。

だが、もし遠隔の地に行くだけのメリットがあるとしたらどうであろう——と坂口は思ったのだった。

（たとえば、マークⅡを乗り回すことができるほどのメリットが——）

「さて、こんなものでよろしいですかな？」

吉川に言われて気がつくと、約束の十分はおろか、三十分を経過しようとしていた。

坂口は礼と詫《わ》びを言ってから、

「あの、それはそうと、先生が有明町の福泉寺で拾われたライターをいただいてもよろしいですか？」

「ああ、そうそう、また忘れるところでした。どうも学問以外のことはすぐ忘れてしまう」

吉川はライターを持ってきてくれた。

正直なところ、坂口にはそのライターに見覚えがあるわけではなかった。第一、山本がこんなしゃれたライターを持っていたはずがない——という気がした。

しかし、坂口はライターを押し戴《いただ》くと、まるで逃げるように吉川家を後にした。

7

岡部警部の家に行くと折りよく神谷部長刑事が年始に来ていた。

「なんだ、和代ちゃんをほっておいて、構わないのか?」

神谷はあまり強くもない酒を、勧められるままにかなり過ごしたらしく、年賀の挨拶代わりに、のっけからそう言った。

「ええ、おとなしくしているって言うもんですから。それより、部長こそ一日《ついたち》ぐらいお宅にいなくていいんですか?」

「ああ、息子と娘の友達なんかが押しかけやがって、おれなんか、家の中に身の置きどころもないよ」

飲むかと出されたグラスを、坂口は遠慮した。

「きょうは仕事ですから」

「仕事? なんだ、きみは非番じゃなかったのか?」

「休みのはずだったのですが、ちょっと思いついたことが出来て、警部に相談しようと思ったもんですから」

「和泉式部か」

岡部は眼の周りをほんのりと染めて、笑顔で言った。

「はあ、そうです」

「何を思いついた?」

「なぜ和泉式部だったのか、少し分かるような気がしてきたのです」

「どう分かった?」

「じつは、それをご説明する前に、大仏の話をしなければなりません」

「大仏? なんだいそれは?」

坂口は新幹線の中で出会った、おばさんのグループのことを話した。

「つまり、誰かと落ち合うのに大仏さんの前というのは、間違えっこない待ち合わせ場所なわけです。

それで思ったのですが、和泉式部の墓や史蹟だって、まったくそれと同じことがいえるのではないでしょうか」

「うん、うん……」

岡部はがぜん興味を惹《ひ》かれたように、グラスを置いて身を乗り出した。

「それで、和泉国夫は、和泉式部の墓を待ち合わせ場所として利用したのではないか。あらかじめ、落ち合う場所を和泉式部の墓と決めておきさえすれば、たとえば、『有明町で会おう』と言うだけで、有明町のどこで——というのを省略できるし、簡単明《めい》瞭《りょう》に特定の場所を指定できるわけですよね。かりに和泉式部の墓がその町のどこにあるか知らない相手でも、そこへ行って、観光客みたいな顔をして地元の人に訊けばすぐに分かります。しかも、和泉式部の墓は全国いたる所に、なんと十三カ所もありますから、そのときどきに応じて、転々と場所を変えることができます。それに何よりも都合がいいことに、たとえば他人が電話や会話をキャッチしたとしても、その仲間以外の人間には、有明町という地名を聞いただけでは、有明町のどこなのか、さっぱり分からないという仕組みです」

「なるほど」

「和泉は自分の名前にちなんだということもあって和泉式部のことはある程度知識があったのでしょう。そして、あちこちに和泉式部の墓なるものがあることも知っていた。そこから思いついたのがこの方法だったのではないか——と、そう思ったのです」

「うん、いいね、その説は当たっているかもしれない」

「しかし」と、脇から神谷が口をはさんだ。

「そこで落ち合って、何をするんだい？」

「ええ、それはまだ分かりませんが、ただ、想像することは可能です」

「それは麻薬だな」

岡部が坂口の先回りをして言った。

「このところ、韓国ルートと台湾ルートで、これまでにはない規模の大量の麻薬が持ち込まれているという情報が頻繁にあるそうだ。現に、このあいだは福岡の暴力団幹部がらみで、四百キロ以上の麻薬を押収したばかりだしね。それだけの麻薬を日本のマーケットに流通させるには、いままでのルートとはべつの、かなり大掛かりで大胆な密売組織があると考えていいだろう。それには、ブラックリストに載っていない、まったくの新顔が、新しいルートで動いているはずだと、四課の連中が言っていた。四課でも一応、組織の内部にまで情報網を張りめぐらせているのだが、そのアンテナにはまったく引っ掛ってこない取引きが、どこかで行われている気配があるそうだ。坂口君が言いたいのはそのことなのだろう？」

「はい、そのとおりです。和泉国夫は麻薬の運び屋をしていると考えました。それもかなり大量の麻薬を移動させているのではないか——と。そして、その取引き場所は麻薬Gメンが考え及ばない場所ではないか——と」

「なるほどなあ、それが和泉式部の墓というわけか」

神谷も納得した。

「じつは、例の吉川という文学者ですが、あの人が有明町で和泉国夫と思われる人物と会った日に、干拓地先で福岡のマル暴関係の男が殺されるという事件がありました」

坂口は言った。

「ああ、そうだった」

岡部は頷いた。

「その殺人事件が、もしかすると和泉と関係があるのではないかと思ったのですが」

「うん」

「どういう関係かは分かりませんが、とにかく、ブツの受け渡しにからむ何らかのトラブルが生じて、殺人事件に発展してしまったとしても、あり得ないことではないですよね」

「うん、仮定としてはね」

「そうです、あくまでも仮定の話なのですが……それでですね、その事件が尾を引いて、姉夫婦の事件が起きたということも、あり得るのではないかと……」

「ふーん、それはだいぶ飛躍した意見のようだなあ」

岡部は愉快そうな顔になった。かといって、坂口がそういうふうに飛躍した思考をすることを頭から軽んじるというのではなかった。

「はあ、いけませんか？」

坂口は自信なげに声のトーンが落ちた。

「そんなことはないさ、面白いよ、もっと先まで聞かせてくれ」

「では続けさせてもらいますが」

坂口は勇気づいた。

「もしもその殺人事件の犯人が和泉だったとすると、殺された男の所属する組の連中としては放ってはおかない、すぐに復讐《ふくしゅう》に動いたにちがいありません。ところが和泉はマル暴の組織には組み込まれていない人間だから、やつらの追及の手は及ばないはずですよね。和泉だってそう思って安心していたでしょう。しかし、思いがけない人物が和泉を目撃していたばかりでなく、雑誌のコラムを利用して『人捜し』を始めたのです。これには和泉もさぞかし慌てたことでしょう」

「ちょっと待ってくれよ」

神谷が口をはさんだ。

「いくら飛躍するったって、そんな突拍子もない話を作るのは感心しねえなあ」

「いえ、作り話じゃないのですよ」

坂口はポケットから四つ折りになった紙切れを出した。だいぶ変色してしまっているが、週刊誌の切り抜きである。

「ほら、ここに『ライターを拾いました』という記事があるでしょう。これは吉川弘一先生の投稿なんです。もっとも、投稿といってもわれわれみたいな無名の人間の投稿ではなく有名人が書いたエッセイですけどね。ここで吉川先生は、『十一月五日に佐賀県有明町の福泉寺で会った男の人』と呼びかけています。この男がつまり和泉国夫であることは間違いないでしょう」

「うーん、なるほどねえ、和泉もえらい人に面を見られたものだな」

「そうなんですよね、この記事を読んだ時には、和泉はさぞかし困ったでしょうね。放っておけば、この先生のセンからマル暴の連中が迫ってくるかもしれない――そう思ったでしょう。それを避ける方法は二つしかない。一つは先生を消すこと、もう一つは自分が消えることです」

「うん、いいね、よく考えたね」

岡部が満足そうに言って、若い部下の肩をポンポンと叩《たた》いた。

坂口の顔にサーッと血の色が上った。

8

岡部には通じた話だが、神谷にはいまいちどころか、さっぱり理解できない。

「ちょっと待ってくれよ、吉川先生を消すか自分が消えるかって、そりゃ何なのだい？」

「つまりですね、吉川先生にいつまでも捜しつづけられたのでは、たまったものじゃないということですよ」

「それは分かるよ、それは分かるが、それだったら吉川先生を消せばいいじゃないか。自分を消すというのが分からない」

「ヤクザの追及から逃れるためには、吉川先生を消すよりは、自分を消すほうが確実だからです」

「ばかばかしい、てめえを殺しちまっちゃ、しようがねえじゃないの」

「まさか、本当に自分を殺しゃしませんよ。自分の分身というか、脱殻《ぬけがら》というか、それを抹殺してしまうということですよ」

「ん？　それはつまり、双子の兄弟——つまり、山本民夫さんのことかい？」

「そうです」

「しかし、山本さんを殺したって、自分の存在を抹殺することにはならないだろう。単によく似ているということだけでは」

「いや、単に似ているというだけではないのだということに気がついたのです。ほら、和泉国夫はコンピューターの免許証取得者ファイルにも、車の登録者ファイルにもその名前がなかったでしょう。そんなはずはないと思っていたのですが、一つだけ方法があるのをうっかりしていました。要するに、やつは山本民夫さんの名義で免許証も車も取得しているのではないかと思いついたのです」

「あっ、そうか……いや、しかし、何だってそんなことをする必要があったのかな?」

「たぶん、和泉本人の名義では免許取得が出来ない事情があったのではないでしょうか。たとえば、過去に大きな事故歴があるとか、ですね」

「なるほど……うんうん、分かったが、それでどういうことになるのかな?」

「つまり、やつはマル暴関係の連中には、山本民夫として付き合っていたのじゃないかと思うのですよね。免許証も車の名義も山本民夫になっていれば、まさか疑うことはないでしょう。いや、警察だって疑いませんよ。何しろ免許証の写真は当人そのものなのですからね」

「うーん……それはいいとして、本物の山本民夫さんが、和泉に勝手に名義を使われたことに気付かないはずはないだろう」

「もちろん義兄も知っていたと思いますよ。しかし、義兄には和泉に対する精神的な負い目があったのではないかと思うのです。双子の片割れである自分だけが恵まれた人生を送っていることへの……。義兄の性格を考えると、そういうことがあっても不思議ではないような気がするのです」

坂口の脳裏には、議論めいた話を始めると、山本民夫が決まって見せた、気弱い微笑が思い浮かんだ。

「それで『山本民夫』が死んでしまえば、和泉の身は安全です。あとは福岡方面にあまり近寄りさえしなければいい。しかも、やつの悪賢いところは、それだけではあき足らず、吉川先生にもライターの男の死を確認させようとした点です。和泉はあの『伝言板』を見るとすぐ、『山本』を名乗って吉川先生のところに電話を入れ、動向を探っています。ひょっとすると、その時点では吉川先生を消すつもりだったのかもしれません。そして先生が福島県の石川町にある和泉式部の史蹟へ行くということを知ると、それにタイミングを合わせて、姉夫婦を誘い出して殺害したのです」

　坂口の言葉が怒りで震えた。

「しかし、山本民夫さんを殺すのは意味が分かるが、なぜきみのお姉さんまで殺されなければならなかったんだい？」

「それは姉が生きていては、義兄の名を騙《かた》っていたことがバレてしまうと思ったのではないでしょうか。義兄には、殺される理由など何ひとつなかったのですから、警察は必ずそのセンを追及してくると和泉は考えたのでしょう」

「ひでえなそいつは……それだけのことで人ひとりを殺しやがったのかい？」

　さすがのベテラン刑事も、顔をしかめて、言葉を失った。坂口も岡部も、しばらくは無言であった。

「そうは言っても、和泉国夫の犯行を立証することは、かなり難しいのではないでしょうか？」

　坂口は溜息をついて、岡部警部に救いを求めるような視線を向けた。

「現行犯逮捕をするしかないね」

　岡部はあっさり言った。

「現行犯逮捕、ですか？」

　坂口は呆《あき》れた声を発した。

「じゃあ、和泉がまた殺人を犯すのを待つのですか？」

「まさか、くだらないことを言うなよ」

　岡部は笑った。

「そうじゃなくて、麻薬取引の現場を押さえるという意味だ」

「そんなことといっても、いつどこで取引きがあるのか、どうやって調べるのです？」

坂口は岡部の頭がどうかなったのではないか――と疑った。

「何を言っているんだい、きみがさっき、取引き場所を羅列してみせたじゃないか。ほら、十三の墓標をさ」

「えっ？　ああ、あれですか。じゃあ、警部はあの和泉式部の墓のある場所に張り込めと言われるのですか？」

「ああ、そうだよ」

「しかし、十三カ所もあるのですよ」

「そのうち、近畿以西は捨てていいだろう。きみの意見だと、福岡の勢力範囲には近づかないそうじゃないか。つまり、宮崎、佐賀、広島、それに高知もカットできる」

「残りは九カ所です」

「京都市京極もいらないな。それから宮津、福島も除外しよう、つい最近行ったところに行くようなやつじゃないだろうからね」

「残りは六カ所」

「京都の木津はどうかな、いかにも交通が不便そうじゃないか。それと神奈川県南足柄というのも、同様にカットしよう。そうすると残るのは四カ所だ、その中からきみの勘で一つ選ぶとしたらどこかな？」

「そんなこと言われても……」

坂口は当惑して、メモの上で抹殺を免れた四つの地名を眺めた。

兵庫県　加古川市
千葉県　館山市

長野県　諏訪市
岩手県　宮古市
「長野の諏訪だと思います」

根拠は？――と訊かれたら、そんなものあるわけがないでしょう――と言うつもりだった。しかし岡部は「よし」とだけ言った。

「きみはそこを張れ、あとの三カ所は、適宜手配する。休み明けの五日からすぐにかかる」

「それまでに動くことはないでしょうか？」

坂口は不安になって、言った。

「そんなこと分かるものか。第一、もうとっくに諏訪には行ってしまったのかもしれない。こんなものは、一種の賭《か》けだよ。だめなら諦めるしかない。捜査とはそういうものだ」

「はあ……」

頷きながら、坂口はふと、吉川弘一の言った言葉を思い出していた。

「学問とはそういうものです」

確かそんなことを言っていた。時間と労力を無駄遣いするという点で、どっちもどっちだな――と、おかしくなるのと同時に、厳粛な想いがした。

9

一月五日、坂口は後輩の中根《なかね》刑事を伴って上諏訪駅に降り立った。街の中心というか、官公庁などはこの周辺にあるという。

市役所の観光課を訪ねて、応対に出た中年の男性に「和泉式部の墓はどこにありますか？」と訊くと、「は？」と不思議そうな顔をされた。

「イズミ……何ですって？」

「和泉式部です」

「はあ?」

「和泉式部、平安朝の頃の女流歌人ですが、知りませんか?」

「さあ、知りませんなあ」

これには坂口も驚いた。およそ文学には縁のない坂口でさえ和泉式部の名前ぐらいは知っていた。相手は中年の、それも観光課の職員である。

とにかく和泉式部を知らないのでは、それから先に話が進まない。

「どなたか知ってる方はいませんか?」

「それだったら、教育課がいいでしょう」

職員は三階にある社会教育課というのを教えてくれた。

「ああ、和泉式部のお墓ですね」

さすがに教育課だけのことはある、年恰好《かっこう》は観光課氏とそう変わりはなさそうだが、すぐに反応があった。

「それは温泉禅寺にある五輪の塔のことでしょう。確かに和泉式部の墓と称されてはいますが、確証はありませんよ」

「はあ、それでいいのです」

坂口はあっさり頷いた。全国に十三もある墓標だもの、確証などあるはずがない。そういう知識に関しては、坂口もかなりの和泉式部通になっている。

「温泉禅寺というのはですね、高島藩主の菩提《ぼだい》寺でして……」

職員は説明をしながら、温泉禅寺までの略図を書いてくれた。ここからだと、上諏訪駅のちょうど反対側の山裾《やますそ》にある。

「駅前あたりで訊けば、すぐに分かったのでしょうがねえ」

職員は気の毒そうに言った。一キロあまりの道程だそうだ。歩くと遠いが、タクシーに乗ると近すぎる。踏切に捕まるとかえって時間がかかるかもしれない。

坂口と中根は寒風の中をコートの襟《えり》を立てて、トボトボと歩いた。

街を抜けた急な斜面に城郭を思わせる石垣がある。その上に温泉禅寺はあった。それほど威容を誇るというのではないが、藩主の菩提寺だけに、素朴なたたずまいのうちに、どことなく趣のある寺であった。

庫裡《くり》を訪れると、割烹着《かっぽうぎ》姿の婦人が出てきた。住職の奥さんという感じではない。

「和泉式部のお墓はどこでしょうか？」

坂口が訊くと、やれやれと言いたそうな顔になった。

「皆そう言ってみえますが、あまりはっきりしたものではないのですけれどねえ」

「そのことは知っています。ちょっと調べたいことがありますので」

坂口は手帳を示した。

「警察？」

婦人はびっくりした。

「何か事件でもあったのですか？」

「いや、そういうわけではありません。心配しなくて結構ですよ」

坂口は笑顔を見せて、言った。

和泉式部の墓は寺の脇の坂を二百メートルほど登ったところだという。

「高島藩主の墓地がある、ちょっと手前に小さな五輪の塔があります。それが和泉式部のお墓だといわれているのですが、あまりはっきりしたものではないし、それに、この頃、観光客の人が大勢みえるものですから、立札を取ってしまったのです」

婦人は苦笑しながら言った。粗末な恰好をしているけれど、話しぶりの穏やかな感じから、やはりこの寺の奥さんらしい。

教えられたとおりの坂道を行くと、すぐに墓地の中に入った。正面の山がうっそうとした杉木立になっていて、その裾から寺の建物のある辺りまでが墓地である。

山に入り込みそうなもっとも奥まった一画が藩主の墓地だ。手前の一般の墓地とは、低い石垣を築き門を設けて、一線を画している。

その門の手前の左側に、まるで路傍に見捨てられたような小さな五輪の塔があった。

「これが和泉式部の墓ですか?」

若い中根刑事は呆れたように言った。

「大抵はこんなものだよ」

宮津で見た「墓」も似たようなものだったから、坂口はあまり驚かない。

「さて……」と周囲を見回した。ここまで来るには、どうやら寺の脇の坂が一本あるきりのようである。張り込みにはうってつけの条件だ。

「問題はどこで張るか、だな」

いつ現れるとも知れない相手を、この寒空の下で待つというわけにもいかない。ともかく所轄署へ顔を出して協力を要請することになった。

諏訪警察署の刑事課長は、正月早々から警視庁の刑事が現れたので、やや緊張ぎみに応対した。

「あそこに張り込むのは大変ですなあ、周囲には何もないでしょう。寺の建物からも遠いし」

課長は首をひねった。

「どこかでビデオカメラを借りられませんかねえ」

坂口は名案を思いついた。

「すぐ傍に小さい地蔵堂みたいのがありますから、

あそこにカメラを据えて、どこか付近の民家か旅館にモニターを置くというのはどうでしょうか？」

「なるほど、それ、やってみましょう」

課長はすぐに乗って、テキパキと手配をしてくれた。うまい具合に、墓地の近くで署員の親戚《しんせき》の家が民宿をやっていて、そこの一部屋を提供してくれるという。

「何日かかるか分かりませんが」

坂口が念を押すと、

「なに、どうせ民宿だし、夏まではガラガラですからな」

宿代も実費だけでいいという。なんなら夏までゆっくりしてもらってもいいですよ、と笑った。

(笑いごとではないかもしれない——)

坂口は真剣にそう思った。

10

実際の「張り込み」に入ったのは、それから二日後、一月七日になってからである。遅れた理由は、ビデオカメラの手配が遅れたためだ。設置場所の地蔵堂は具合のいいところに建っているけれど、そこから直線距離でも二百メートルも離れた民宿までのコードがなかなか手配できなかった。

しかし、映像のほうはまずまずであった。和泉式部の墓を手前にナメて、斜め後方には坂のかなり下のほうまで画面に納まるようなアングルになった。坂口はあまり器械のことに詳しくないが、これなら坂道を登ってくる人物の顔は識別できそうだ。

坂口と中根は交替でモニター画像と睨めっこして、一日を過ごした。冬の短日がこの際はありがたい。

それに、有明町でも宮津でも、テキが現れたのは早朝や夕方ではなかったので、日中の明るい時刻だけ監視していればいいと確信した。

それにしても辛抱の連続だ。張り込みは何度も経験しているから、それ自体はどうということもないが、かえって環境がよすぎることが問題だった。日がなこたつに当たりながら、テレビを見ているようなものだから、どうしても睡魔に襲われる。それと運動不足には参った。

「なんだか、『坊っちゃん』みたいだな」

夏目漱石の『坊っちゃん』に、坊っちゃんと山嵐が旅館の二階で、赤シャツと野だいこを退治すべく張り込むシーンがある、それを思い出したのだが、中根は読んだことがないのか、「はあ?」と、まるで通じなかった。

七草が過ぎ、成人の日が過ぎた。

「本当に現われるのですかね?」

中根は半信半疑だ。これまでの経過をあまりよく知らないだけに、坂口がのめり込んでいるような熱意に、多少欠けるところがあるのはやむを得ない。

「現われると信じるしかないだろう。張り込みは一種の賭けのようなものだよ」

坂口は岡部警部の受け売りを言った。

墓地には時々、人の訪れがあった。もちろん大抵は墓参りの人たちである。家族連れで賑やかにくることもあるし、なんだかワケありらしい女性が、花束を持って独りでやってくることもある。葬儀のあとの納骨風景も二度、見た。

男が独りで登ってくると、たちまち緊張した。しかしそういうことはわずか一度だけしかなかった。若いカップルが夕方近くになってやってきて、熱烈なキスシーンを見せつけられた時には参った。

こんな場所のちっぽけに仕切られた空間にも、人々の日々の営みや哀歓のドラマがあるものだ。それを相手に悟られずに覗き見ているのは、少なからず後ろめたい。

「だけど、割と飽きないもんですねえ」

中根が言ったが、坂口も同感であった。日を重ねているうちに、画面と付き合うコツのようなものを体得して、変哲もない風景の中にかすかな季節のうつろいのようなものすら発見できるようになった。

ことに雪が降った朝など、前日とはガラリ様相を変えた風景に出合って、しばらくは本心から楽しみながら画面を眺めた。

警視庁の岡部とは絶えず連絡を取っている。ここ以外の三カ所でも、ほぼここと同じような状態で張り込みを続けているそうだ。むろん和泉らしい人物は、まだどこにも現われていない。

「こうなったらここにやって来ることを願いたいものですね」

中根もようやく競争心みたいなものが湧いてきたらしい。こんな毎日だが、精神的にダレるということは、意外になかった。

一月なかばを過ぎると、諏訪地方の冬は急に厳しさを増した。

「明日あたり、御神渡《おみわた》りがあるんでねえだろうかなあ」

宿の主人が空模様を気にしながら、そう言った。

「御神渡り」というのは、諏訪湖が完全結氷して、湖のほぼ中央で氷が盛り上がり、山脈のように連なる現象をいうのだそうだ。そうなるのは、一月下旬で、放射冷却で気温が下がる快晴の日と、ほぼ決まっているらしい。

その日も雲一つない快晴であった。

午前十時の交替で、坂口が中根からバトンタッチされてまもなくだった。

テレビ画像をぼんやり眺めていると、寺の脇の坂道を男が登ってくるのが見えた。右手にボストンバッグを持ち、地味なコートを着た、中肉中背の男だ。

坂口は反射的にビデオテープの録画スイッチを押した。「来た」という予感めいたものがあった。まだ遠い映像だから、もちろん人相など識別できない。だが、坂口はほとんど確信に近いものを感じた。それと同時に、どういうわけか涙がこみ上げてきた。

似ているのであった。義兄の山本民夫とそっくりの体型、そっくりの歩き方なのだ。

「おい、来たぞ!」

坂口は声を殺して叫んだ。聞こえるはずはないのだが、なんとなく画面の人物に聞こえそうな錯覚を覚えた。

「あれですか」

中根が飛んできて、テレビの人物を睨んだ。

傍にある電話ですぐに諏訪署に連絡した。退路を遮断するための捜査員の配置は、すでに打ち合わせずみである。

画面の中では、男の顔がはっきり見える状態になっている。やはり和泉国夫だ。いや、坂口も初めて見る顔だから、山本民夫にそっくりの男——というべきかもしれない。

和泉は和泉式部の墓の前に立って、手にしたボストンバッグを墓の前に下ろした。それから悠然と煙草に火をつけ、青空に向かって煙を吐いた。犯罪者特有のオドオドと落ち着かない素振りなど、これっぽっちも見せない。

「どうするんですか? やつだけパクりますか?」

中根が勇み立った。

「いや、まだだ、受け渡しの相手が来るはずだ」

ところがその相手はなかなか現われない。和泉は二本目の煙草を足下で踏み消して、バッグをそのままに歩きだした。

「あれ？」

中根が叫んだ。坂口も身を乗り出した。

意外にも、和泉は坂道とは別の方向——画面では右手の方向へ歩いて、画面からすぐに消えてしまった。

「どこへ行ったのですかね？」

中根が不安そうに坂口を振り返った。

「小便でもしに行ったのかな？」

坂口はしばらく画面を眺めたが、和泉は戻ってこない。十秒、二十秒……一分と時間が経過する。

坂口はハンドトーキーを摑んで坂下の民家に潜んでいる諏訪署の刑事に連絡した。

「ホシは画面から消えたのですが、どこか抜け道があるのでしょうか？」

「いや、あの道は墓地へ通じているだけで、墓地の先は行き止まりのはずです」

「間違いありませんね？」

「間違いありません」

とにかく待つしかない——と坂口は腹を決めた。胃の悪くなりそうな時間が流れた。

突然、ハンドトーキーが喋った。

「男が坂道を登って行きます」

まもなく、太った男が視界に入った。よほど暑がりなのか、コートの前をはだけて、汗を拭《ふ》き拭き登ってくる。

「よし、おれは行くから、あとを頼む」

坂口は宿を出て、坂下の連中に合流することにした。太っちょの動きは中根が刻々送ってくる。坂口が援軍のいる家に着くのと、太っちょが墓に着くのと、ほとんど同時であった。

「いま、男がバッグを摑み上げました」

中根がトーキーの中で言った。

「和泉の姿はいぜんとして見えません。ええと、男が何かポケットから出して、墓の前に置いたみたいですが、何かは分かりません。あ、男が坂のほうへ行きます」

「よし、キャッチだ」

坂口は所轄の刑事たちに「よろしく」と頭を下げた。刑事たちはバラバラと建物を出て道路をはさむように散開した。この辺は民家が建て込んでいて、身を潜めるには都合のいい物がいくらでもある。

太っちょはのんびりした様子でトコトコと坂を下ってきた。坂を下りきった辺りで四つ角を曲がる。その瞬間に刑事たちはいっせいに現れ、道路の前後を塞《ふさ》いだ。

太っちょは一瞬、後ろを向いたが、背後に四人の刑事がいるのを見ると、まったく抵抗せずに確保された。刑事の一人がバッグを開く。紙包みを破いて、肩をすくめ、中身のビニールに入った白い物を皆に見せた。バッグの中が丸々麻薬だとすると、末端価格では億単位になるだろう。

「おい、相棒は確保したぞ」

坂口は中根を呼んだ。

「そっちはどうだ、まだ和泉は出てこないのか?」

「まだです」

坂口は民家に用意しておいた花束と手桶を持つと、諏訪署の刑事を一人だけ連れて坂道を登って行った。

和泉式部の墓の少し前にある墓に花を供え、石塔を洗った。かなり時間をかけたつもりだが、和泉は出てこない。

（感づいたかな？――）

坂口は苛立った。最悪の場合には山狩りをするしかないか――とも思った。どこの誰のものとも知らない墓を、馬鹿っ丁寧に磨きつづけた。

ふと、視野の片隅で動く物を感じた。林の中からコート姿の男が現れ、ゆっくりした足取りでやってくる。

「やつだよ」

坂口は墓に向かって合掌し、念仏を唱えるような恰好で言った。若い刑事がガタガタと武者震いをしているのが分かった。

乾いた腐葉を踏む足音が近づいた。坂口は手桶を持つと墓地の中の通路に出た。

出会い頭のように和泉の顔と間近に対面した。坂口はニッコリ笑った。

「和泉国夫さんですね？」

和泉はギクッと立ち止まり、幽霊でも見たような顔になった。いや、本来なら和泉のほうがまるで山本民夫の幽霊といってよかった。それほどよく似ていた。

「警視庁捜査一課の坂口です――というより、民夫さんの義弟というべきかな」

瞬間、和泉が飛んだ。坂口に体当たりを食らわせると見せて、サッと横に逃げ、そのままの勢いで坂を走ろうとした。

坂口は身をひねりざま、和泉の脚にタックルした。左脚のくるぶしあたりを、辛《かろ》うじて摑んだ。和泉は霜枯れした草地にドウッと倒れた。

諏訪署の刑事が和泉の背に飛びかかった。この男は柔道五段とか聞いていたが、さすがに腕っ節は強そうだ。和泉の右腕を摑むと、基本どおりの関節技を決めた。興奮しているだけに、手加減をしないから、たちまちどこかの骨がギクリと鳴った。

「おい、もうやめろ、逃げはせんよ」

苦痛で顔をしかめながら、しかし、和泉は驚異的とも思える、冷静な口調で言った。

坂口は和泉の左腕に手錠をはめた。右腕はすでに使いものにならなくなって、ブラブラしていた。

坂の下から中根刑事を先頭に、諏訪署の連中がゾロゾロ登ってきた。

「とうとうやりましたね」

中根は坂口の手を握ると、他の者には聞こえないように、小声で言った。捜査に私情は禁物だが、この事件に関するかぎり、坂口の苦衷《くちゅう》を知っている岡部班の一員としては、ねぎらいの言葉をかけたくなったということなのだろう。

坂口は「うん」とだけ応じた。

エピローグ

和泉式部の墓の前に、赤い百円ライターが落ちていた。坂口はハンカチでくるむようにして、ライターを拾った。

「何なのですか、それ？」

中根が訊いた。

「領収証ってところかな」

坂口は笑って、言った。ライターの意味がようやく分かった。

「ブツを受け取ったやつが、その証拠を残してゆくってわけだ。つまり、おたがい、相手の顔は見ない仕組みになっているのだな。もっとも、和泉のほうは隠れて様子を見ているのだろうがね」

「怪我《けが》はなかったのですか？」

泥まみれの坂口に気付いて言った。

「ああ、大丈夫だ」

しかし、じつは胸の辺りに時折、激痛が走る。ひょっとすると肋骨《ろっこつ》の一本ぐらいは折れているのかもしれない。

岡部に連絡すると、「そうか」とだけ言った。「よかった」とか「おめでとう」とかは言わない警部だ。

「ホシを護送して帰ります」

「うん、そうしてくれ」

岡部のそう言うそっけなさは、他方面で張り込みをしていた三グループへの思い遣《や》りかもしれない。しかし坂口は十分、報われたと思っている。四分の一の確率に賭けて勝ったのである。

午後、二台のパトカーが東京へ向かった。坂口は諏訪署員と、和泉をはさんで坐った。

それにしても、見れば見るほどよく似ているものであった。ただ違うところは、その目の光り具合だ。民夫の目には優しい光があった。和泉のそれは邪悪そのものだ。

「山本さん夫婦を殺したのは、やっぱりおまえさんか？」

坂口は訊いた。べつに答えを期待したわけではなかった。和泉も笑っただけで、否定も頷《うなず》きもしない。

「煙草、吸うか？」

坂口はキャビンをくわえながら訊いた。

「いや、やらん」

和泉は首を横に振った。

「そうか、吸わないか」

坂口は吉川から貰ってきた銀色のライターを見せた。

「これはあんたのライターじゃないのかな？」

和泉はジロリとライターを見ると、苦笑を浮かべながら言った。

「すべては、そのライターが間違いの原因や」

「ん？　それはどういう意味だ？」

坂口の問いに、和泉はニヤニヤ笑いながら、しばらく黙ってから、ポツリと言った。

「あの馬鹿が、ライターなら何でもええと思いおってからに……」

言っている意味が、坂口には分からなかった。しかし、銀色のライターを眺めていて、突然思い出した。

「そうか、百円ライターか……つまり、領収証は百円ライターでなきゃならなかったのだな？」

「ああ、そうや」

和泉はニヤリと笑って、坂口を見た。

「あんた、おマワリの割には頭ええなあ」

「それを、有明町ではこのライターを使ったから、それであんた、受け取りに来た男を殺《や》っちまったというわけか」

「ああ、そうや、当然やろ、ルール違反やからな。それをやつら、逆恨みしおってからに……」

和泉は歯をキリキリと鳴らした。笑いは消えて、凶悪そのものの表情になっていた。

それっきり、坂口が何を訊いても返事をしなくなった。福岡の暴力団に狙われたのか――。それを逃げるために山本夫婦を殺害したのか――といった、あらゆる質問を、完全に黙殺した。

坂口はこの男の口を開かせることを諦めた。

車が相模湖を眺めるところにさしかかったとき、和泉がふいに呟いた。

「あの娘っ子さえ……」

「ん？」

坂口は和泉に顔を向けて、そのつづきを待った。

和泉は何も言わない。

「和代のことか？」

「…………」

「和代を解放したのは、やはりおふくろさんに言われたからか」

和泉は苦笑したが、首を横に振った。

「それもあるがね」

それだけ言って口を噤《つぐ》んだ。和泉自身にも、なぜあの時、和代を解放する気になどなったのか、理解できないのだろう。和代を解放したことが、結局おのれの破滅に繫がった。そんなことは当然、予測できたはずだ。

「あんたが和代を助けてくれたこと、裁判の時に証言してやるよ」

坂口は怒ったような口調で言った。

「余計なことをしないでくれ」

和泉も同じように怒鳴った。

それっきり、二人は警視庁に着くまで、ついに言葉を交わさなかった。

参考文献

吉田幸一著「和泉式部の終焉と墳墓についての伝説地」(平安文学研究三五)
「丹後国における和泉式部の古跡と伝承」(平安文学研究六〇)
「肥前国における和泉式部の伝説と古跡」(平安文学研究六一)
山中　裕著「和泉式部」(吉川弘文館)

（集英社文庫／2002.9.25）
『浅見光彦新たな事件　天河・琵琶湖・善光寺紀行』
（集英社文庫／2005.5.25）
『浅見光彦の秘密』
（内田康夫監修・浅見光彦倶楽部編著／祥伝社／2000.2.15）
『浅見光彦の真実』
（内田康夫監修・浅見光彦倶楽部編著／祥伝社／2000.8.15）
『犬たちの伝説』
（エッセイ集／内田康夫・早坂真紀編／光文社文庫／1998.3.20）
『浅見光彦たちの旅』
（エッセイ集／内田康夫・早坂真紀編／光文社文庫／2001.6.15）
『浅見光彦 the Complete 華麗なる100事件の軌跡』
（浅見光彦倶楽部／内田康夫監修／メディアファクトリー／2006.4.24）

内田康夫著作リスト

(☆＝浅見光彦シリーズ ※＝短編集)
【2006年11月現在】

001 死者の木霊

栄光出版社	1980. 12. 25
講談社文庫	1983. 12. 15
エイコー・ノベルズ	1985. 4. 25
講談社	1993. 1. 27
講談社ノベルス	1995. 3. 5
角川文庫	2003. 3. 25

002 本因坊殺人事件

栄光出版社	1981. 10. 25
エイコー・ノベルズ	1984. 7. 20
角川文庫	1985. 4. 25
天山文庫	1992. 2. 5
幻冬舎文庫	2006. 10. 10

003 ☆ 後鳥羽伝説殺人事件

廣済堂出版	1982. 2. 10
kosaido Blue Books	1983. 2. 10
角川文庫	1985. 1. 25
廣済堂文庫	1986. 5. 10
飛天出版	1993. 12. 6
角川春樹事務所	1996. 2. 28

004 「萩原朔太郎」の亡霊

TOKUMA NOVELS	1982. 4. 30
徳間文庫	1987. 2. 15
角川文庫	1992. 2. 25
徳間書店	1993. 9. 30
集英社文庫	2002. 5. 25

005 ☆ 平家伝説殺人事件

kosaido Blue Books	1982. 10. 15
角川文庫	1985. 6. 10
廣済堂文庫	1987. 2. 10
HITEN NOVELS	1995. 2. 6
角川春樹事務所	1996. 5. 8

006 遠野殺人事件

カッパ・ノベルス	1983. 6. 10
光文社文庫	1987. 4. 20
中公文庫	1995. 1. 18
ハルキ文庫	1997. 4. 18

007	戸隠伝説殺人事件		
	カドカワノベルズ	1983.	7. 25
	角川文庫	1985.	9. 10
	徳間文庫	1992.	8. 15
	角川春樹事務所	1996.	7. 8
008	シーラカンス殺人事件		
	講談社ノベルス	1983.	8. 5
	講談社文庫	1986.	7. 15
	徳間文庫	1995.	3. 5
009 ☆	赤い雲伝説殺人事件		
	kosaido Blue Books	1983.	12. 15
	廣済堂文庫	1985.	2. 10
	角川文庫	1986.	7. 25
	HITEN NOVELS	1995.	5. 2
	角川春樹事務所	1996.	9. 6
010	夏泊殺人岬		
	TOKUMA NOVELS	1983.	12. 31
	徳間文庫	1987.	6. 15
	講談社文庫	1993.	7. 15
011	倉敷殺人事件		
	カッパ・ノベルス	1984.	3. 10
	光文社文庫	1988.	4. 20
	中公文庫	1997.	3. 18
	徳間文庫	2003.	8. 15
012	多摩湖畔殺人事件		
	光文社文庫	1984.	9. 10
	光文社	1993.	6. 30
	カッパ・ノベルス	2001.	10. 25
013 ☆	津和野殺人事件		
	カッパ・ノベルス	1984.	10. 30
	光文社文庫	1988.	10. 20
	祥伝社文庫	1998.	2. 20
	光文社	2003.	8. 25
014 ※	パソコン探偵の名推理		
	講談社ノベルス	1984.	12. 5
	講談社文庫	1988.	1. 15
	集英社	1999.	4. 30

〈収録作品〉「ルノアールの男」「ナイスショットは永遠に」「サラ金地獄に愛を見た」「嗚呼ゼニガタに涙あり」「事件はカモを狙ってる」「シゴキは人のためならず」「田中軍団積木くずし」「怪盗パソコン『ゴエモン』登場」

015　明日香の皇子

角川書店	1984. 12. 20
角川文庫	1986. 6. 10
ジョイ・ノベルス	1992. 6. 10
角川書店	1995. 3. 15
講談社文庫	2003. 2. 15

016 ☆ 佐渡伝説殺人事件

カドカワノベルズ	1985. 4. 25
角川文庫	1987. 2. 10
天山文庫	1991. 1. 7
角川春樹事務所	1997. 4. 28
徳間文庫	1997. 10. 15
中公文庫	2003. 2. 25

017　「横山大観」殺人事件

講談社	1985. 6. 17
講談社文庫	1988. 10. 15
徳間文庫	1993. 10. 15
講談社	1994. 9. 16
講談社ノベルス	1995. 9. 5
中公文庫	2004. 8. 25

018 ☆ 白鳥殺人事件

カッパ・ノベルス	1985. 6. 20
光文社文庫	1989. 2. 20
徳間文庫	1999. 1. 15
祥伝社文庫	2006. 6. 20

019　「信濃の国」殺人事件

TOKUMA NOVELS	1985. 7. 31
徳間文庫	1990. 10. 15
講談社文庫	1994. 7. 15

020 ☆ 天城峠殺人事件

光文社文庫	1985. 9. 15
光文社	1993. 3. 15
カッパ・ノベルス	2001. 5. 25
角川文庫	2006. 4. 25

021　杜の都殺人事件

FUTABA NOVELS	1985. 10. 10
双葉文庫	1987. 6. 25
角川文庫	1988. 10. 10
双葉社	1992. 9. 20
双葉社(愛蔵版リニューアル)	1997. 12. 10
ハルキ文庫	1998. 5. 18
ジョイ・ノベルス	2006. 5. 15

022 ☆ 小樽殺人事件

カッパ・ノベルス	1986.	4. 25
光文社文庫	1989.	4. 20
祥伝社文庫	1999.	2. 20
徳間文庫	2006.	5. 15

023 ☆ 高千穂伝説殺人事件

カドカワノベルズ	1986.	4. 25
角川文庫	1987.	11. 10
角川春樹事務所	1997.	8. 28
カドカワ・エンタテインメント	2004.	12. 25

024 王将たちの謝肉祭

kosaido Blue Books	1986.	8. 10
天山文庫	1988.	7. 5
角川文庫	1990.	12. 25
廣済堂文庫	1991.	12. 10
角川書店	1996.	6. 30
幻冬舎文庫	2006.	8. 5

025 ☆ 「首の女《ひと》」殺人事件

TOKUMA NOVELS	1986.	8. 31
徳間文庫	1989.	10. 15
角川文庫	1993.	3. 10

026 ※ 盲目のピアニスト

C★NOVELS	1986.	11. 25
中公文庫	1989.	1. 10
角川文庫	1993.	7. 10

〈収録作品〉「盲目のピアニスト」「愛するあまり」「陰画の構図」「想像殺人」「濡れていた紐」

027 ☆ 漂泊の楽人

講談社	1986.	12. 10
講談社ノベルス	1989.	7. 5
講談社文庫	1991.	7. 15
徳間文庫	1996.	6. 15
中公文庫	2005.	8. 25

028 ※☆鏡の女

ジョイ・ノベルス	1987.	2. 25
角川文庫	1990.	2. 25
祥伝社文庫	2001.	2. 20

〈収録作品〉「鏡の女」「地下鉄の鏡」「透明な鏡」

029 ※ 軽井沢の霧の中で

C★NOVELS	1987.	3. 20
中公文庫	1989.	8. 10

角川文庫　1995. 10. 25
〈収録作品〉「アリスの騎士」「乗せなかった乗客」「見知らぬ鍵」「埋もれ火」

030 ☆ 美濃路殺人事件
TOKUMA NOVELS　1987. 4. 30
徳間文庫　1990. 6. 15
徳間書店　1994. 10. 31
角川文庫　1997. 10. 25

031 ☆ 長崎殺人事件
カッパ・ノベルス　1987. 5. 30
光文社文庫　1990. 3. 20
角川文庫　1998. 3. 25

032 十三の墓標
FUTABA NOVELS　1987. 7. 10
双葉文庫　1989. 6. 15
角川文庫　1991. 8. 10
祥伝社　1992. 7. 20
ハルキ文庫　1997. 10. 18
双葉社　1998. 3. 5
ジョイ・ノベルス　2006. 11. 25

033 ☆ 終幕《フィナーレ》のない殺人
ノン・ノベル　1987. 7. 15
祥伝社文庫　1991. 2. 20
講談社文庫　1997. 7. 15

034 北国街道殺人事件
TOKUMA NOVELS　1987. 10. 31
徳間文庫　1991. 2. 15
講談社文庫　1999. 3. 15
集英社文庫　2002. 6. 25

035 ☆ 竹人形殺人事件
C★NOVELS　1987. 11. 20
中公文庫　1992. 2. 10
角川文庫　1997. 8. 25

036 ☆ 軽井沢殺人事件
カドカワノベルズ　1987. 11. 25
角川文庫　1990. 10. 25
光文社文庫　1998. 5. 20
集英社文庫　2002. 4. 23

037 ☆ 佐用姫伝説殺人事件
ジョイ・ノベルス　1988. 1. 25

		角川文庫	1991. 10. 25
		角川春樹事務所	1996. 11. 18
		中公文庫	2002. 8. 25
	（新装版）	ジョイ・ノベルス	2006. 1. 25
038 ☆	恐山殺人事件		
		kosaido Blue Books	1988. 2. 10
		角川文庫	1989. 12. 10
		廣済堂文庫	1991. 3. 10
		光文社文庫	2006. 6. 20
039 ☆	日光殺人事件		
		カッパ・ノベルス	1988. 2. 29
		光文社文庫	1990. 11. 20
		角川文庫	2001. 3. 25
040 ☆	天河伝説殺人事件		
	（上）	カドカワノベルズ	1988. 4. 25
		角川文庫	1990. 6. 10
	（下）	カドカワノベルズ	1988. 7. 25
		角川文庫	1990. 6. 10
	（上下合本）	角川春樹事務所	1995. 12. 28
		カドカワ・エンタテインメント	2005. 12. 5
041 ☆	鞆の浦殺人事件		
		TOKUMA NOVELS	1988. 4. 30
		徳間文庫	1991. 7. 15
		徳間書店	1995. 3. 31
		講談社文庫	1996. 7. 15
042 ☆	志摩半島殺人事件		
		ノン・ノベル	1988. 7. 20
		祥伝社文庫	1992. 3. 1
		光文社文庫	1997. 12. 20
		中公文庫	2006. 7. 25
043 ☆	津軽殺人事件		
		カッパ・ノベルス	1988. 7. 31
		光文社文庫	1991. 6. 20
		中公文庫	2000. 6. 25
		徳間文庫	2005. 3. 15
044 ☆	江田島殺人事件		
		講談社ノベルス	1988. 10. 5
		講談社文庫	1992. 1. 15
		祥伝社文庫	1997. 7. 20
045	追分殺人事件		

FUTABA NOVELS　1988. 11. 10
双葉文庫　1991. 6. 15
角川文庫　1993. 11. 25
双葉社　1998. 2. 5
ハルキ文庫　1999. 5. 18

046 ☆ 隠岐伝説殺人事件
(上)　カドカワノベルズ　1988. 11. 20
角川文庫　1990. 11. 25
徳間文庫　1994. 9. 15
(下)　カドカワノベルズ　1989. 4. 10
角川文庫　1990. 11. 25
徳間文庫　1994. 9. 15
(上下合本)　角川春樹事務所　1997. 12. 28
TOKUMA NOVELS　2004. 7. 31

047 ※ 少女像《ブロンズ》は泣かなかった
C★NOVELS　1988. 11. 25
中央公論社　1993. 11. 25
中公文庫　1996. 10. 18
角川文庫　1998. 8. 25
〈収録作品〉「越天楽がきこえる」「ドクターブライダル」「踏まれたすみれ」「少女像は泣かなかった」

048 ☆ 城崎殺人事件
TOKUMA NOVELS　1989. 2. 28
徳間文庫　1992. 6. 15
徳間書店　1995. 10. 31
光文社文庫　1998. 7. 20

049 湯布院殺人事件
C★NOVELS　1989. 3. 25
中公文庫　1993. 11. 10
光文社文庫　1994. 12. 20

050 ☆ 隅田川殺人事件
TOKUMA NOVELS　1989. 4. 30
徳間文庫　1993. 1. 15
徳間書店　1996. 3. 31
角川文庫　1998. 5. 25

051 ☆ 横浜殺人事件
カッパ・ノベルス　1989. 5. 30
光文社文庫　1992. 6. 20
角川文庫　2002. 5. 25
光文社　2003. 12. 20

052 ☆ 金沢殺人事件

			ノン・ノベル	1989. 7. 20
			祥伝社文庫	1993. 3. 1
			光文社文庫	1998. 12. 20
053	☆	讃岐路殺人事件		
			天山ノベルス	1989. 9. 20
			天山文庫	1991. 3. 5
			角川文庫	1992. 5. 25
			HITEN NOVELS	1993. 11. 5
			カドカワ・エンタテインメント	2000. 8. 25
			光文社文庫	2002. 10. 20
054	☆	日蓮伝説殺人事件		
		(上)	実業之日本社	1989. 10. 5
			ジョイ・ノベルス	1992. 11. 10
			角川文庫	1995. 4. 25
			徳間文庫	1999. 8. 15
		(下)	実業之日本社	1989. 10. 5
			ジョイ・ノベルス	1992. 11. 10
			角川文庫	1995. 4. 25
			徳間文庫	1999. 8. 15
		(上下合本)	角川春樹事務所	1997. 6. 28
			ジョイ・ノベルス	2004. 9. 25
055	☆	琥珀の道《アンバー・ロード》殺人事件		
			角川文庫	1989. 10. 25
			C★NOVELS	1993. 5. 31
			中公文庫	1998. 6. 18
			徳間文庫	2002. 8. 15
056	☆	菊池伝説殺人事件		
			カドカワノベルズ	1989. 11. 25
			角川文庫	1991. 2. 10
			角川春樹事務所	1997. 10. 28
			中公文庫	1999. 6. 18
057		釧路湿原殺人事件		
			C★NOVELS	1989. 11. 25
			中公文庫	1993. 12. 10
			光文社文庫	1996. 10. 20
058	☆	神戸殺人事件		
			カッパ・ノベルス	1989. 12. 25
			光文社文庫	1993. 6. 20
			徳間文庫	2003. 3. 15
059	☆	琵琶湖周航殺人歌		
			講談社ノベルス	1990. 1. 5

講談社文庫	1992.	7. 15
徳間文庫	1998.	4. 15

060 ☆ 御堂筋殺人事件

TOKUMA NOVELS	1990.	6. 30
徳間文庫	1993.	6. 15
徳間書店	1997.	2. 28
講談社文庫	1998.	2. 15

061 ☆ 歌枕殺人事件

FUTABA NOVELS	1990.	7. 25
双葉文庫	1993.	5. 15
角川文庫	1996.	4. 25
双葉社	1997.	12. 25
ハルキ文庫	2000.	5. 18

062 ☆ 伊香保温泉殺人事件

カッパ・ノベルス	1990.	9. 25
光文社文庫	1994.	6. 20
講談社文庫	2003.	6. 15

063 ☆ 平城山《ならやま》を越えた女

講談社	1990.	10. 5
講談社ノベルス	1992.	10. 5
講談社文庫	1994.	1. 15
徳間文庫	2001.	3. 15

064 ☆ 「紅藍《くれない》の女《ひと》」殺人事件

TOKUMA NOVELS	1990.	10. 31
徳間文庫	1994.	6. 15
徳間書店	1998.	8. 31
講談社文庫	2000.	6. 15

065 ☆ 耳なし芳一からの手紙

カドカワノベルス	1990.	11. 25
角川文庫	1992.	2. 25
ジョイ・ノベルス	2001.	11. 25

066 ☆ 三州吉良殺人事件

	ジョイ・ノベルス	1991.	1. 30
	角川文庫	1994.	4. 25
	光文社文庫	2000.	9. 20
(新装版)	ジョイ・ノベルス	2005.	11. 25

067 ☆ 上野谷中殺人事件

角川文庫	1991.	2. 10
C★NOVELS	1994.	9. 25
中公文庫	1998.	1. 18

068 ☆ 鳥取雛送り殺人事件

C★NOVELS	1991.	2. 25
中公文庫	1994.	7. 10
角川文庫	1999.	2. 25

069 ☆ 浅見光彦殺人事件

カドカワノベルズ	1991.	3. 25
角川文庫	1993.	3. 10
嶋中文庫	2005.	3. 20

070 ☆ 博多殺人事件

カッパ・ノベルス	1991.	7. 25
光文社文庫	1995.	5. 20
講談社文庫	2004.	6. 15

071 ☆ 喪《うしな》われた道

祥伝社	1991.	10. 25
ノン・ノベル	1994.	4. 1
祥伝社文庫	1996.	2. 20
角川文庫	2000.	5. 25

072 ☆ 鐘

講談社	1991.	10. 28
講談社ノベルス	1993.	10. 5
講談社文庫	1994.	11. 15
幻冬舎文庫	2003.	4. 15

073 ☆ 「紫の女《ひと》」殺人事件

TOKUMA NOVELS	1991.	10. 31
徳間文庫	1995.	9. 15
徳間書店	1999.	4. 30
講談社文庫	2001.	8. 15

074 ☆ 薔薇の殺人

カドカワノベルズ	1991.	11. 25
角川文庫	1994.	10. 25
祥伝社文庫	2000.	2. 20

075 ☆ 熊野古道殺人事件

C★NOVELS	1991.	11. 30
中公文庫	1995.	10. 18
光文社文庫	1999.	10. 20

076 ☆ 若狭殺人事件

カッパ・ノベルス	1992.	2. 29
光文社文庫	1996.	5. 20
徳間文庫	2004.	3. 15

077 ☆ 風葬の城

講談社ノベルス	1992.	3. 14
講談社文庫	1995.	7. 15
徳間文庫	2000.	10. 15
祥伝社文庫	2004.	7. 30

078 ☆ 朝日殺人事件

	実業之日本社	1992.	7. 15
	ジョイ・ノベルス	1995.	3. 25
	角川文庫	1996.	9. 25
	光文社文庫	2001.	8. 20
(新装版)	ジョイ・ノベルス	2005.	9. 25

079 浅見光彦のミステリー紀行

第1集	光文社文庫	1992.	9. 20

080 ☆ 透明な遺書

読売新聞社	1992.	11. 2
講談社ノベルス	1994.	10. 5
講談社文庫	1996.	3. 15
徳間文庫	2002.	2. 15

081 ☆ 坊っちゃん殺人事件

C★NOVELS	1992.	11. 25
中公文庫	1997.	6. 18
角川文庫	2003.	5. 25

082 ☆ 「須磨明石」殺人事件

TOKUMA NOVELS	1992.	11. 30
徳間書店	1998.	2. 28
徳間文庫	2000.	3. 15
光文社文庫	2003.	10. 20

083 ※ 死線上のアリア

飛天出版	1992.	12. 4
カッパ・ノベルス	1995.	4. 25
徳間文庫	1997.	6. 15
角川文庫	2000.	3. 25

〈収録作品〉「優しい殺人者」「死あわせなカップル」「交歓殺人」「飼う女」「願望の連環」「死線上のアリア」
※「碓氷峠殺人事件」(カッパ・ノベルス、徳間文庫、角川文庫にのみ収録)

084 ☆ 斎王《さいおう》の葬列

角川書店	1993.	3. 30
カドカワノベルズ	1995.	4. 25
角川文庫	1997.	5. 25
新潮文庫	2004.	11. 1

085		浅見光彦のミステリー紀行 第２集	光文社文庫	1993. 4. 20
086	☆	鬼首《おにこうべ》殺人事件	カッパ・ノベルス	1993. 4. 25
			光文社文庫	1997. 5. 20
			中公文庫	2003. 8. 25
087		浅見光彦のミステリー紀行 第３集	光文社文庫	1993. 9. 20
088	☆	箱庭	講談社	1993. 11. 19
			講談社ノベルス	1995. 12. 5
			講談社文庫	1997. 3. 15
			文春文庫	2004. 11. 10
089	☆	怪談の道	角川書店	1994. 3. 10
			カドカワノベルズ	1996. 3. 25
			角川文庫	1999. 4. 25
			徳間文庫	2005. 9. 15
090	☆	歌わない笛	TOKUMA NOVELS	1994. 3. 31
			徳間書店	1997. 11. 30
			徳間文庫	1998. 9. 15
			光文社文庫	2004. 3. 20
091	☆	幸福の手紙	実業之日本社	1994. 8. 15
			ジョイ・ノベルス	1996. 10. 25
			新潮文庫	1999. 2. 1
			光文社文庫	2005. 3. 20
092		浅見光彦のミステリー紀行 第４集	光文社文庫	1994. 9. 20
093	☆	沃野の伝説 (上)	朝日新聞社	1994. 12. 1
			カッパ・ノベルス	1997. 3. 5
			角川文庫	1999. 10. 25
			光文社文庫	2005. 10. 20
		(下)	朝日新聞社	1994. 12. 1
			カッパ・ノベルス	1997. 3. 5
			角川文庫	1999. 10. 25
			光文社文庫	2005. 10. 20

094 ☆	札幌殺人事件		
	(上)	カッパ・ノベルス	1994. 12. 25
		光文社文庫	1997. 9. 20
		角川文庫	2005. 4. 25
	(下)	カッパ・ノベルス	1995. 1. 31
		光文社文庫	1997. 9. 20
		角川文庫	2005. 4. 25
	(上下合本)	光文社	2004. 4. 25
095	浅見光彦のミステリー紀行		
	番外編1	光文社文庫	1995. 5. 20
096 ☆	軽井沢通信		
		角川書店	1995. 6. 5
		角川文庫	1998. 11. 25
097 ☆	イーハトーブの幽霊		
		中央公論社	1995. 7. 10
		C★NOVELS	1997. 6. 20
		中公文庫	1999. 11. 18
		光文社文庫	2004. 7. 20
098	浅見光彦のミステリー紀行		
	第5集	光文社文庫	1995. 9. 20
099 ☆	記憶の中の殺人		
		講談社	1995. 10. 9
		講談社ノベルス	1997. 11. 5
		講談社文庫	1998. 8. 15
		光文社文庫	2003. 7. 20
100 ☆	華の下にて		
		幻冬舎	1995. 12. 6
		幻冬舎ノベルス	1997. 4. 21
		幻冬舎文庫	1999. 8. 25
		講談社文庫	2004. 2. 15
101 ☆	蜃気楼		
		講談社	1996. 6. 10
		講談社ノベルス	1998. 6. 5
		講談社文庫	1999. 7. 15
		新潮文庫	2005. 6. 1
102 ☆	姫島殺人事件		
		カッパ・ノベルス	1996. 8. 25
		光文社文庫	1999. 5. 20
		新潮文庫	2003. 8. 1

103　浅見光彦のミステリー紀行
番外編２　光文社文庫　1996. 9. 20

104 ☆ 崇徳伝説殺人事件
角川春樹事務所　1997. 2. 28
ハルキ・ノベルス　1998. 7. 28
ハルキ文庫　1999. 6. 18
角川文庫　2004. 8. 25

105　我流ミステリーの美学　内田康夫自作解説第１集
浅見光彦倶楽部編　中央公論社　1997. 6. 25

106 ☆ 皇女の霊柩
新潮社　1997. 6. 25
ジョイ・ノベルス　1999. 11. 25
新潮文庫　2001. 2. 1
角川文庫　2004. 2. 25

107 ☆ 遺骨
角川書店　1997. 7. 31
カドカワ・エンタテインメント　1999. 9. 25
角川文庫　2001. 5. 25

108　存在証明（エッセイ集）
角川書店　1998. 2. 27
角川文庫　2001. 1. 25

109 ☆ 鄙《ひな》の記憶
読売新聞社　1998. 4. 5
幻冬舎ノベルス　2000. 11. 15
幻冬舎文庫　2002. 4. 25
角川文庫　2006. 10. 25

110　全面自供　浅見光彦と内田康夫いいたい放題
講談社文庫　1998. 6. 15

111　浅見光彦のミステリー紀行
第６集　光文社文庫　1998. 9. 20

112 ☆ 藍色回廊殺人事件
講談社　1998. 11. 2
講談社ノベルス　2000. 10. 5
講談社文庫　2002. 2. 15

113 ☆ はちまん
（上）　角川書店　1999. 1. 30
カドカワ・エンタテインメント　2001. 2. 25
角川文庫　2002. 9. 25

		(下)	角川書店	1999.	1. 30
			カドカワ・エンタテインメント	2001.	2. 25
			角川文庫	2002.	9. 25
114		ふりむけば飛鳥　浅見光彦世界一周船の旅	徳間書店	1999.	1. 31
			徳間文庫	2006.	3. 15
115	☆	黄金の石橋	実業之日本社	1999.	6. 25
			ジョイ・ノベルス	2001.	1. 25
			文春文庫	2002.	11. 10
			講談社文庫	2005.	11. 15
116	☆	氷雪の殺人	文藝春秋	1999.	9. 10
			ジョイ・ノベルス	2001.	9. 25
			文春文庫	2003.	11. 10
117		浅見光彦のミステリー紀行 第7集	光文社文庫	1999.	9. 20
118	☆	ユタが愛した探偵	徳間書店	1999.	10. 31
			TOKUMA NOVELS	2001.	12. 31
			徳間文庫	2002.	12. 15
			角川文庫	2005.	10. 25
119		名探偵浅見光彦の食いしん坊紀行	実業之日本社	2000.	2. 25
120	☆	秋田殺人事件	光文社	2000.	8. 10
			カッパ・ノベルス	2002.	7. 25
			光文社文庫	2004.	12. 20
121	☆	貴賓室の怪人「飛鳥」編	角川書店	2000.	9. 30
			カドカワ・エンタテインメント	2002.	10. 25
			角川文庫	2003.	10. 25
122	☆	不知火海《しらぬいかい》	講談社	2000.	11. 30
			講談社ノベルス	2002.	11. 5
			講談社文庫	2003.	9. 15
123		名探偵浅見光彦のニッポン不思議《ミステリアス》紀行	学習研究社	2001.	2. 26

			集英社文庫	2006.　2.25
124	☆	鯨の哭《な》く海		
			祥伝社	2001.　4.20
			ノン・ノベル	2003.　2.20
			祥伝社文庫	2005.　9.　5
125	☆	箸墓幻想		
			毎日新聞社	2001.　8.30
			カドカワ・エンタテインメント	2003.　9.30
			角川文庫	2004.　10.25
126		浅見光彦のミステリー紀行 第8集	光文社文庫	2001.　12.20
127		歌枕かるいざわ　軽井沢百首百景（歌集）		
			中央公論新社	2002.　1.25
128	☆	中央構造帯		
			講談社	2002.　10.10
			講談社ノベルス	2004.　9.　5
		(上)	講談社文庫	2005.　9.15
		(下)	講談社文庫	2005.　9.15
129	☆	しまなみ幻想		
			光文社	2002.　11.25
			カッパ・ノベルス	2004.　11.25
			光文社文庫	2006.　9.20
130	☆	贄門島《にえもんじま》		
		(上)	文藝春秋	2003.　3.15
			ジョイ・ノベルス	2005.　1.25
			文春文庫	2006.　8.10
		(下)	文藝春秋	2003.　3.15
			ジョイ・ノベルス	2005.　1.25
			文春文庫	2006.　8.10
131		Escape　消えた美食家		
			徳間書店	2003.　9.30
132	※	龍神の女《ひと》　内田康夫と５人の名探偵		
			ジョイ・ノベルス	2003.　10.25

〈収録作品〉「龍神の女」「鏡の女」「少女像は泣かなかった」「優しい殺人者」「ルノアールの男」

133	☆	化生の海		
			新潮社	2003.　11.20
			講談社ノベルス	2005.　11.　7

134 ☆ 十三の冥府

実業之日本社 2004. 1. 25
ジョイ・ノベルス 2005. 7. 25

135 ☆ イタリア幻想曲 貴賓室の怪人Ⅱ

角川書店 2004. 3. 30
カドカワ・エンタテインメント 2006. 2. 28

136 ※☆他殺の効用 内田康夫ミステリー・ワールド

ジョイ・ノベルス 2004. 4. 15
〈収録作品〉「他殺の効用」「乗せなかった乗客」「透明な鏡」「ナイスショットは永遠に」「愛するあまり」

137 ☆ 上海迷宮

徳間書店 2004. 5. 31
TOKUMA NOVELS 2006. 9. 30

138 ☆ 風の盆幻想

幻冬舎 2005. 9. 25

139 ※☆逃げろ光彦

ジョイ・ノベルス 2005. 10. 25
〈収録作品〉「埋もれ日」「飼う女」「濡れていた紐」「交歓殺人」「逃げろ光彦」

140 ☆ 悪魔の種子

幻冬舎 2005. 11. 20

141 浅見光彦のミステリー紀行
第９集 光文社文庫 2005. 12. 20

142 ミステリークルーズ不思議航海

東京ニュース通信社 2006. 4. 20

143 ☆ 棄霊島

(上) 文藝春秋 2006. 4. 30
(下) 文藝春秋 2006. 4. 30

144 ☆ 還らざる道

祥伝社 2006. 11. 10

〔その他関連書籍〕
『プロローグ』
(浅見光彦倶楽部／1994.2.20)
『浅見光彦を追え ミステリアス信州』
(集英社文庫／1999.8.25)
『浅見光彦 豪華客船「飛鳥」の名推理』
(集英社文庫／2001.4.25)
『浅見光彦四つの事件 名探偵と巡る旅』

この作品はフィクションであり、文中に登場する人物、団体名は、実在するものとまったく関係ありません。
なお、風景や建造物など、現地の状況と多少異なっている点があることを御了解下さい。

この作品は、一九八七年に双葉社より新書版として初版発行されたものです。このたびの刊行に際し、著者が大幅な加筆・訂正を行ないました。

（編集部）

十三《じゅうさん》の墓標《ぼひょう》

二〇〇六年十一月二十五日　初版発行

著者　内《うち》田《だ》康《やす》夫《お》

発行者　増田義和

発行所　実業之日本社

本社　東京都中央区銀座一―三―九
〒一〇四―八二三三

TEL　〇三（三五六二）二〇五一（編集）
〇三（三五三五）四四四一（販売）

振替　〇〇一一〇―六―三二六

印刷　大日本印刷

製本　ブックアート

乱丁、落丁の場合はお取り替えします。

ISBN4-408-50472-6

http://www.j-n.co.jp/
プライバシーポリシーは上記の実業之日本社ホームページをご覧下さい。

Club House

「浅見光彦倶楽部」について

「浅見光彦倶楽部」は、1993年、名探偵・浅見光彦を愛するファンのために誕生しました。会報「浅見ジャーナル」（年4回刊）の発行をはじめ、軽井沢にあるクラブハウスでのセミナーなど、さまざまな活動を通じて、ファン同士、そして軽井沢のセンセや浅見家の人たちとの交流の場となっています。

「浅見光彦倶楽部」入会方法

入会申し込みの資料を請求する際には、80円切手を貼り、ご自身の宛名を明記した返信用封筒を同封の上、封書で下記の住所にお送りください。「浅見光彦倶楽部」への入会方法など、詳細資料をお送りいたします。

ファンレターも受け付けています。（必ず、封書の表に「内田康夫様」と明記してください）

※なお、浅見光彦倶楽部の年度は、4月1日より翌年3月31日までとなっています。また、年度内の最終入会受付は11月30日までです。12月以降は、翌年度に繰り越しして、ご入会となります。

〒389-0111　長野県北佐久郡軽井沢町長倉504
浅見光彦倶楽部事務局

※電話でのご請求はお受けできませんので、
必ず郵便にてお願いいたします。